JN115662

ひと騒がせな犀

佐藤守彦歌集

砂子屋書房

＊目次

装本・倉本　修

歌集

ひと騒がせな犀

メメ伯爵夫人の夜会

おなら男ピュジョールはありとあらゆる音をまねた。たとえばそれはヴァイオリンの音色やチェロの音、トロンボーンの響きや布を引き裂く音であった。かれはまた一ダースもの音を連続して出して倦むことを知らなかったし、三十センチ離れたところから蠟燭の火を消すことができた。

……ロミ

わがうたは夢の素材でできてゐるありえぬものとありうるもので

伯爵はかつて聞こえた四銃士ひたひに打ちつけ茹で卵割る

書きはじむ文の冒頭一字空きことばはいつも一歩遅れて

驚いた表情のまま落ちるくび修羅場たちまち夜会に変はる

〈好き？　嫌ひ？〉ちぎつて捨てるはなびらは便器の海の大渦に消ゆ

われにあれ左手のため『左手のための協奏曲』弾くしなやかさ

ヴィルヘルム＝フォン・バーデン・バーデン公、木にのぼるとき赤い爪だす

飼ひならすことはかなはず閉ぢこめる長冬(ながふゆ)の扉まだ向かう向き

メメ夫人館のすべてに錠をして外出時には壁抜けてゆく

フラミンゴ仮面を脱いでもフラミンゴフルーツパンチのうはづみすする

ときにより外にはみだしのたうつて舌は一個のけものであるか

メメ夫人靴履いたまま満たす性かすか身じろぐ猫脚ベッド

〈もう帰る？　もう少しここにすわつてる？〉　潮騒ゆゑに大声になる

ぼんやりとすれちがつては気がついてぎよつとうしろを向くのであつた

形而下にをさまりきれぬオートバイ排気管のなか騒ぐ幽霊

ふるふると笛を吹くのはだれだらう？　ぐりぐりふぐりまみむめもの魔

蛇行して原野をめぐる冬の河ひとりを置いてわれらは帰る

寝室のガラスケースに収まつて開ければ飛びたつ鳥類図鑑

火から火へつぎもまた火か火には火を火のごときもの火にほかならず

亡霊は夫人が情事にふけるとき屋根駆けのぼり足踏み鳴らす

縦横に吹きこむ風にひらく本ちやうどバラバの死んだページが

水中花ほどけるときの花ことば〈ひとは滅びるそのゆめもまた〉

座らむとすれば怒つて唸りつつぢりぢりにじり椅子はしりぞく

戸を開けてしやべりだすのだ疾（と）く粗くザ・ザ・ガボールのザ・ザといふをと

〈くそつたれ〉とかなんとかいふこゑがして見れば目のすみ過ぎゆく金魚

メメ夫人道化芝居でみづからを演ずるうちにグラン＝ギニョルに

ドードーを捌（さば）けばどつとほとばしる腸やら糞やら宝石類が

招かざる客こそ厚手に化粧して下着はつけずディナーにのぞむ

幼児（をさなご）はかたりをへると口もとをすこしゆがめてうつすらわらふ

玉乗りの玉のなまへはデーヴィッド〈さあデーヴィッド、またおつとめだ〉

おごそかに亡夫を天へ送りだし夫人があそこにつける香水

書架みれば料理と鳥の本ばかり卵の本はどちらの棚か

メメ夫人ふたつに割れてもメメ夫人あひだの空間蛸逃げまはる

さみだれて海　街　夜が挽肉のごと混ざりあふその冬景色

イジドール来たりデュカスの帰る海イルカと失意と星の棲む海

堤防は荒波をなだめるためにある風と鷗と影はふくまず

犀のこと犀にまかせて待つ月に犀の輪郭ほのかに白む

狼のむれが街なか駈けぬけるそんな痛みが腕から肩へ

しづかなる湯に引きまはすティーバッグ刑期終へたるサドは肥満に

桜桃（チェリー）には魔法がかかつてゐるらしく摘（つま）んでみれば乳首に変はる

左様なら別れが左向きならば右から暮れるおれの人生

よくみれば夫人があやす人形は百歳ほどの双子の赤子

蝶ひとつ韃靼海峡越えゆけどすぐ冬になる口のまはりも

葉の粗(あら)きいちじくの葉叢ぬけきたるゆゑにたましひ擦り傷だらけ

ただひとり舞踏会(ボール)でをどる金魚ゐてともにをどればメガネしてをり

羽ばたきの疲れがのこる肩をもむ変に明るい花咲く少女

皿に盛る鶏の腿肉たくましきフォークで突けば空(くう)を蹴るなり

ひとりではもちあげられぬ石があり片側を掘り蹴落とし埋める

〈侍従長、花瓶のみづがないみたい誰かが呑んでしまつたやうね〉

他人たう闇の深さのはてしなし蛸を素足で踏んだ感じの

夜会では嘴(はし)の仮面のオペレッタ客は競つてピーナツつつく

亡びさへときに救ひとなるものをさよなら三角またきて四角

火酒すすりむせる深夜のメメ夫人背中さすれば突起一列

トランプにジョーカーなくば神でさへ〈くたばりやがれ〉と言ふにあらずや

スープ鍋シェフは痰を吐き落としよくかき混ぜてサラダに移る

揃はざる『リルケ全集』八巻め灰から抜きし鋏の熱し

自瀆するごとくからだのまんなかにゆびさしいれて蛸(たこ)うらがへす

去る客とゐのこる客と逝く客と神が愛する順にしたがひ

椅子や猫窓から投げだすパーティの喧騒にさへ死者はめざめず

ねむられぬ夜はねむらず思ふこと波とは海のなかを吹く風

われよりは鏡のわれは老ひたりき 〈不眠と不安〉 冬の球根

狼が羊に化けて喰ふ少女アトハシアハセニナリマシタトサ

青空を映しさざめくいちまいのみづ溜まりにも深淵はある

警官に〈Hallo〉と言はれ〈Asshole! Motherfucker!〉と応じる鸚鵡

六角堂めぐれば六回向きを変へ母とまた逢ふもとにもどつて

残酷で美しいもの孔雀など野放しのまま深しねむりは

おなら芸バケツのみづを尻の穴吸つて戻せばやや濁りをり

おなら芸きのふは湿つたおとがして哀歌かなでる耳尖りゆく

三界に聞こゑし人間国宝も〈へ〉のおとが出ず便秘疑ふ

哀切に国歌かなでるおなら芸あたりにかすか硫黄がにほふ

をちこちに爆発音のある国歌いづれの客も静か涙す

おなら芸けふは乾いたおとがして軍歌かなでて死者も起立す

タンポポのサラダ

荷鞍を外した驢馬みたいに、やっちまえばいいんです。けれど「やっちまう」という言葉を使うのは許してくださいよ。行為のほうはあなたがたにおまかせしますから、言葉のほうは私にまかせてください。

……ドニ・ディドロ

タンポポのサラダにまぶす塩胡椒ぱらぱら跳ねる蚤逃げるごと

すがたなき給仕頭はわがうしろ舌うちのおと酒臭き息

不義よりも結婚詐欺や棄教より夫人は隠す髭ある部分

ロバに似て四足獣の本性(さが)として人を乗せても椅子は走らず

罌粟(けし)の種子つまんで落とす雉の肉手淫のあとの手も洗はずに

吉凶を占ふはずのはなびらは占ふまへに散りはじめたり

メメ夫人医師のすすめで夜会でもなにがなんでも芽キャベツ食べる

ゐるはずのない空間に扉がゐてだれもこたへぬ電話鳴りをり

猪(いのしし)の冷えた生肉つかみ出す指のあひだに肉もりあがる

スペードのキング出るまでめくりつつ続々あらはるクイーンの靴が

輪唱で双子の老女うたひつつときにたがひの頬を舐めあふ

日ごと来る郵便配達神のごと悲報朗報まとめて配る

叩いても煮ても焼いても喰へぬ鳥タイルの床をぺたぺたあるく

耐へがたい姿勢のままにもちこたへ雪崩れたとたん舌のばす波

蛇か亀出所の知れぬその卵たぎつ湯の底ころがりまはる

めざめれば翼の跡もなにもなしただ堪へられぬ痒みあるのみ

特だしの鴨のスープに金色の陰毛浮かぶ嗚呼ハレルーヤ！

コンスタン・コンスタノヴィッチ猊下、こゆびもちあげ鶏肉外す

嚙むほどに口にふくらむ酢ダコかな呑みこむときはなみだが滲む

にべもなく頬うつおとの爽やかさなんぞひと恋ふこころの憎し

Faのおとが抜けた小夜曲キリギリス夢の斜面を滑る火の舟

夜会ではとりわけ夏の牡蠣(かき)を呑む生あたたかき鼻汁のごと

老婆らの空中歩行内股で行つてもどつてまたくりかへす

細々とよぢれてのびるそのをんなかがんで石をひつと呑みこむ

歯ブラシを咥へみてゐる手鏡にわが見るわれをしばし見るわれ

かたすみといふはいかなる空間か静か陽当たり痰壺もある

口元に飛び飛びあらはる吹出物クロッカスに似て根があるらしも

まづは影つぎは光と竹似草すこしささやき蟲はしづまる

ボトルから金魚のかたちで飛びだしてグラスに落ちるピノ・ノワール

林檎ジャム抜けだしてきて雀蜂テーブルのへりむりむりすすむ

メメ夫人調理用語で猥談を語れば客はくだもの撫でる

空瓶に螢のにほひまだ残る〈一年経つたらもどつておいで〉

やめられぬやめてはならぬささやかな悪徳愉し卵の蒐集

死者たちとすべて分けあふ朝の卓トーストの角噛み痕のある

ねむられぬ夜読み終へし亡国記だれかの引きし下線の長き

だれもゐぬ部屋から聞えるすすり泣きときに咳こみ這ひずるらしも

やはらかき雨のなか摘むさくらんぼ生まれざる仔に母の名与ふ

（五字削除）まるめて捨てるさくら紙すこしほどけてけもののにほひ

しゃぶる嚙む舐めるころがすねぶる吸ふ……鶏の骨吐く口くたびれて

風船を湯に沈めんともがくときどこか殺しのやうな感じが

老ひはじむ姫の秘めたる熟れ残りキャベツロールでその穴ふさぐ

死神をあざむく手だてあるやなし月夜のベッドで跳ねまはる仔ら

われらには膂力も風も与へられそれでも飛べず寒空みあぐ

累卵のなだれ期待し蜥蜴どもしげしげ通ふこの厨房へ

客たちは鏡の向かうへ去つてゆくあとで彼岸でまた逢ふために

いそがしい仔猫まだまだねむい月赤ちやんばかり実るひまはり

欄干のあちこちに這ふかたつむり自然発火にまかせて帰る

今夜また夫人は内部をもてあそぶ弄ぶつたらもてあそぶ

気まぐれにかつ執拗にまた故意に風つきまとふ顔のまはりに

踊り場の亡夫で元帥の肖像画みずから暴く双の男根

われらには背に取つ手ありおたがひに摑んで激しくふりまはすらし

ほとんどは益体(やくたい)もない焼石でその隙間からわらわら蕨(わらび)

客たちのベッドはけものの脚をしてきはまるたびに爪たてるおと

ハロウィーンのきみは狼その犠(にへ)のわれ着る羊の毛皮の重き

借りてきた猫は腕から垂れさがりみんな手をだす手をひるがへす

鉛筆を削ればにほふ木の香り象を描ひて目元の皺も

食卓で微笑をうかべメメ夫人となりの亡夫の股間まさぐる

満月の夜の不思議よみづながすたびに便器にぎやつと悲鳴が

丸刈りの皇帝ペンギン炙りつつうたふは歌詞のない子守唄

笑（ゑ）まへどもやがて憎悪の形相の道化恐れて客はでてゆく

毒麦の袋なげだしもみもみと伯爵夫人の毛深い乳房

聴いてゐるバッハのとちゆうで鳴る電話（夜はさらなる優しいつばさ）

〈けつたくそわりい野郎だ俺のケツじつと見やがつて〉馬われに言ふ

究極のレシピと言へば人喰ひで閨房ごとにうわさ伝はる

少女とも老婆とも見ゆメメ夫人歯のない口でをとこをしやぶる

夜会には夜会独自の意思があり客がなくとも夜会はつづく

はらわたが煮えくりかへる鍋のなかバジルを混ぜて少し弱火に

贋者となじられながらまたもくる土ぼこり舞ふナザレのをとこ

乗馬服着てメメ夫人乗るうちに自転車はすぐ疲れてしまふ

伝言のごとくつぎつぎ連結器をとをつたへる百輛の貨車

ポケットのなかから掻けばきんたまはぎよろりぎよろりと左右へ逃げる

メメ夫人しやぼん玉のごと増殖し触れればぽんとはじけて消える

別れには別れのことばに代はる花つばさをつけたばかりのやうな

背に縋（すが）る老婆おろせば骨が鳴る翼を外したばかりのやうに

幾年もかけて野の舟朽ちてゆくスズムシマツムシキチキチバッタ

犀の背の稜線にとまる小鳥たちあらぬかたへと運ばれてゆく

処刑まへ一分間の晒しもの便器のみづに安らふ金魚

〈メメおばさんチーズに蛆が湧いてるよ〉まぶしいほどに林檎花咲く

ひとり芝居のためのト書き

自我は自分自身の涯まで行きつかない者だけが
手放さない特権である。

……E・M・シオラン

わがわきにわれに仕へるわれがゐてサンチョ・パンサの驢馬にまたがる

わが棺にあまた牡丹を投げてくれバケツでみづを浴びせるやうに

威勢よく〈よつ！〉とか〈やつ！〉とかこゑかける金魚みているひとに金魚が

海の火と雨の日の火と風の火と火を選別す死の道づれに

ねむられず無人の街をふらつけば交はるやうで交はらぬ道

階段を昇つて降りる空間を昇つて降りる駝鳥の美（は）しき

たぷたぷと左右にゆれる鉢のみづゆれにゆられてよろめくわれは

さやうならまた逢ふときはこんにちは風を引き裂き電線は鳴る

ひと群れのなかで思はずたちどまる遅れきしわれ、われにぶつかる
死にしゆえ透けて濁れるみづくらげ天をおほつてさらに余れる
ヴェネツィアの偽文書にあるマキャヴェリと信長公と悪魔の会話
酔ひざめに背負ふ老婆の我儘の蔓日々草のやぶれかぶれの
そもわれはわれの知らざるなにを知る？　われに認むる美への憎しみ

消しゴムに顔を描いてゆびで消すゆびの汚れを消すほかのゆび

踏み出せばまたも八衢（やちまた）言の葉の塚本邦雄が逝きし方角

最終の芝居も跳ねて帰る街　霧のなかから犀あらはるる

わがわれとわれでないわれおたがひに誤解しつつも球状をなす

われのためわれのうしろで待つわれをわれと見なせどわれにはあらじ

44

木靴師のヴォルフガングはうたへども鳥たちねむり空はめざめる
わわはわでわわわもわなりわがひとつ余計なだけでわわわわわれは
うたふためうたひつづけるためにのみことば殺しの現場にもどる
われもまた来るひと迎へに駅へゆきそのまま帰らぬ雲のごときか？
とつぜんに雨が降るのは塔のなか鳥もけものも外へとびだす

曲がり角曲がりきれずにみまかりしひとの墓碑銘(エピタフ)たつ曲がり角

歪形の僧侶の行列ふる鈴にわれとおぼしきだれかが消える

蒸発し地にはとどかぬ通り雨マンハッタンはいつぽんの壜

早送りのヴィデオに映るわがすがた蠅のごとくに部屋跳ねまわる

決まり文句(クリシエ)に慰められてしまふわれ消えゆく雲を消えるまでみる

まぼろしのわれとうつつのわれがゐてふとすれちがふバス出入口

愛といふかたちさまざまあれれどもさびしきみづできんたま洗ふ

ゆくための荒野にむけて宣言すわがたましひに咬傷はある

バルセロナ嗚呼バルセロナバルセロナおやゆびほどのカップに乳(ラテ)が

なにもせずしやべるひとゐて墓穴を掘りつつなにも言はぬひとゐる

洪水のあとの陽光けものたち神を畏れて箱舟おりず

夜陰とか竹藪あるいは橋のした見れば見返す闇のごときが

むきだしのダイアン・アーバス冬の鳥椅子取りゲームで負けてばかりの

われわれは追ひ散らされてわれとなり犬と出逢つてまたわれわれに

待つことはもううんざりと見上げれば頭突きのやうに昇る風船

膝に乗る猫のごとくに積もる雪くくく、くくくく、くく、くく、くくく

ピラネージの絵のなかの塔に立つてゐて絵を見るわれをわれは見てゐる

されば木はあるきだすのだ朝までにもとのところへもどれる距離を

わがわれとわれの見知らぬわれが逢ひややぎこちなく片手をあげる

網走に白夜はありや革命史読むほど明るい白夜はありや

なかなかに〈われ〉とふ病ひ癒えぬゆへ〈きみ〉とふ毒を薄めて服す

缶蹴りの最後の鬼が帰る宵月までとどく赤い階段

シモーヌの眼鏡よヴェーユの裏庭よ暴れるやうに根はあふれでて

魔女狩りで総身に針を刺し探す無痛の一点われにもありて

ひとかかへ茄子と茄子とがきしみをりわが放浪の季節のをはり

繃帯をほどいてみれば傷口はげつぷしたあとふたたび閉じる

足跡はあるくはしから消えてゆくボタンでとめるイーヨーの尾

突堤でひつと呻くはわれならんわれにはあらじ雲の早さよ

しんしんとユダの花散るみごもりて妻は寡黙にペディキュアを塗る

ゆき過ぎてもどり確かむわが墓の出生と死とは同じ日とある

〈ジュリエット！　蛍に触はつてもだいぢやうぶ感電したりしないから〉

足あげて川わたりゆくリアさんの意味ある無意味茴香風味

書き直し多き楽譜を弾く夕の干す雨傘にまた通り雨

われといふひとり芝居に台詞なく舞台のうへで墓穴を掘る

たはむれに剃刀くびに当ててみるいきなり赤はさなきだに赤

蛸を茹で刻んでオリーヴ油につける死者にとつても寒すぎる冬

かなかなは松の疎林にしりぞいて宿の記帳に死者の名もある

暗い部屋われとたがはぬわれがゐて顔を撫でれば顔なでてくる

鏡には一瞬遅れのわれがゐてあちこちゆびさしわれをまどはす

現実と地図とは違ふきてみれば狐のむれのとびまはるみゆ

われといふひとりはけものもうひとりけもの飼ふわれ……われと思へず

口蓋を舌でおさへるLのおとLullabyと言へば舌は二度打つ

われらからわれへの距離の遠かりきひと夜屋根には落果のやまず

沈黙のなかへ言葉を放置しておいたらともに腐つてしまふ

蔓薔薇は無血で椅子を占拠して僭主のやうに花飾りをり

母はなく母の代はりの母がゐてすこし歪（いびつ）に実る洋梨

犀の檻ホースのみづで洗ふとき風向きしだいで梔（くちなし）にほふ

ひとりだけ来たはずなのに犬もゐて葦笛吹けば切れるくちびる

サヴァンナからサヴァンナへ

ジョージアのサヴァンナは三稜草(みくり)の密生する広大な湿地に囲まれ、外部からは容易に窺い知ることはできない。幸い内部を覗きみすることができたにしても、天使のような容姿と悪魔の手先のような住民の尊大な無関心を打ち破ることはできないだろう。ここではすべて見かけ通りではない。

……ウイリアム・ボーンズ

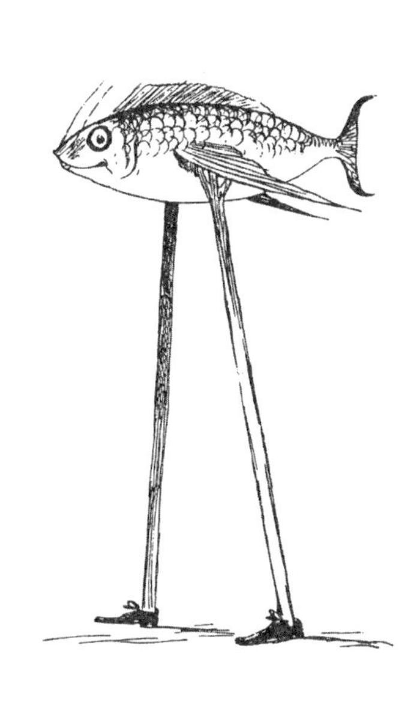

この街でひとは生まれも死にもせずただ現れて消えてゆくのみ

サヴァンナは美しき街墓多く肉づきのよき椿(カメリア)の咲く

ねむられぬ夜に予兆のごとき群わつせわつせとあしおと過ぎる

洪水の墓から流れだす屍（かばね）たがひにぶつかり街をさまよふ

しかれどもさはさりながらいまだしもいよいよ昏きわが腋の下

さるをがせもどきのひかり樫の影はだしのままで首吊りにゆく

この街のうごき制するチェスボードひと桝跳んでキングに挑む

塔は建つ目にはみえねどひとはみな塔あるごとく塔のぼりゆく

こちらから向かうへゆけば向かうからくるひとすべて亡者なりけり

死によりて空きがなければこの街に住む余地はなく仮に住むのみ

星々はフロントガラスにぶつかつて跳ねて砕けてひときはひかる

ともすればサヴァンナ河の鏡面を死化粧して少女ら遊ぶ

発条（ぜんまい）を巻けばかたかたあるきだす入歯の玩具さみしきものを

サヴァンナの暗い公園つたうるし鼓動に合はせうづく切傷

酒場からかすんでみえる葦原をさらにかすんで幽霊船が

吐きもどす赤子の乳を浴びしゆえ顔から徐々に消え失せてゆく

〈放水中のホースを踏んではいけません〉なにかいふたび死者はふりむく

サヴァンナの他人（ひと）のみているゆめをみる途中で替はる性夢の相手

フラナリーあなたの狼火（ループス）となつて口を跳びだし爪のあひだへ

立ちどまるひとばかりなる夕暮れて地獄のほかに行き場なき街

からつぽの柩のやうに待つてゐるひとでなければひとといふゆめ

うつそみのひと受けいれぬこの街に古靴のごと身は置いてゆく

燃え落ちるおのが館を背景に酒宴はつづくジョーク交へて

草ひばり遠く近くにかすかなる草叢(グラス)のうちそと耳のうちそと

うら窓の狭い視界にみえるのはベッドのフレーム気の触れた雲

送り火の数だけ迎へ火用意して余つた熯火は料理にまはす

みづからの重みで沈む伯爵邸異臭を放ち泡立ちながら

行つて見て帰つてなにも言はぬ友ひたすらおなじうたくちづさむ

影つどふ街にひとびと愛に飢ゑただすれちがふ愛を怖れて

なにごともなさぬ夜にはなにごともなされぬままにあすはまたくる

かほりよき赤子の吐息着飾りし老女の腋臭(わきが)ともにサヴァンナ

垂れさがりどさり産まれる犀の仔の可惜(あたら)あらたに犀くりかへす

花嵐壜につめこみ蓋をする透かして見ればあばれるおとす

チャプリンの案山子と案山子のチャプリンは鳥たちにとり見分けが……つく

茶房には新聞ひろげる亡者ゐてカフェラテすするいたく日焼けて

男らは牧羊神のなれのはて角（つの）とペニスの骨を失くした

彼岸からみえて此岸でみえぬものわれらさみしく亡者を演ず

亡霊はマクドナルドにたむろして風のある日は密議にふける

くだもののアイデンティティをもつわれら梨です桃です夏蜜柑です

番号は？　靴のサイズは？　そのあとで尾を失つた狐を演ず

はからずも釣りし魚に瘤のある〈ふざけやがつて〉と喚いて跳ねる

あぢさゐに顔うづめれば生ぐさき生きがたかりき死にがたかりき

死をめぐる概念すべてを咲かせつつマグノリアの木その花ことば

青空を丸く切りぬきそこに置くそんな感じの雨後みづたまり

ゴヤといふ画家ありつまり切なくて黒をすべての始まりとする

サヴァンナの泥棒男爵マグノリア鳥足スープその関節炎

蹴飛ばされころがる先の闇のなか石のこゑする〈痛いじゃないか〉

まつくらな亡霊たちの舞踏会目に燃ゆる火で相手を探す

みまかりし父に与ふる冬のうた〈隠れ道……〉と書きあとがつづかず

てつぺんにひとの住まない塔がある上げ潮どきに島となる山

廃船に棲む一家あり晴れた朝少女あらはれ水鳥毟(むし)る

窓はみな真昼の闇に閉ざされて椿の落ちるたびにまたたく

サヴァンナへ来たときのやうに去つてゆくなにも奪はずなにも加へず

干し魚あぶる炭火が照らす顔壁にひと影風に火蜥蜴（ひとかげ）

抜きわすれ白く濁れる風呂のみづ木々の輪郭暈（ぼか）し降る雪

春の庭怪異な茸繁茂して踏めば崩れる泣きごゑあげて

サヴァンナの切り抜きのやうな歩行者がHalloといへば口のくらやみ

落ち椿踏めば不平をいふやうな気がしてあへて踏まずにまたぐ

サヴァンナで知りし亡者ら多弁にて口をひらけば蠅が飛びだす

木の舟に馬ひとつ乗せ渡る河（迎へしものはみな送りだす）

くらやみを灯(あか)りも点けずゆくときは頭蓋のうちの灯(ひ)は絶やさずに

手折るとき腕がふるへてあらかたは棘(おどろ)に散つてしまふ山吹

死してなほまたふたたびのサヴァンナを舌もてあるきまはるまひまひ

始まりの混沌（カオス）のあとに言葉（ロゴス）ありそのあと言葉（ことば）の混沌（こんとん）つづく

〈この部屋に無断でキリンが入るのをみのがすわけにはいかないのだよ〉

夕陽さす体育館のまんなかに靴が片方、扉のとなりに

うたつては顔みあはせる四重奏四人のなかの誰かが鴉

とんかつかとんとんかつかとんかつかとととと、　とととかかかか、　かかか
ねこやなぎ枝を扱(しご)いて鞭となすとととと、　とととかかかか、　かかか
とんかつかとんとんかつかとんかつかひと打ちごとによがりのこゑが
ねこやなぎ枝を扱(しご)いて鞭となすひと打ちごとによがりのこゑが

反歌……『近似的小説ウスタゴ』の素描のための一視点

人間の精神は絶えずその翼の形と反りを変え、否定から肯定にたいするあらゆる角度から空に挑むが、いまだ飛べたためしはない。

……ジョルジュ・ベルナノス

あちらにもこちらにもゐてウスタゴの消失のため青空はある

神の死のあとのニーチェの死のあとに残されわれらたがひをみつむ

ことばには限りがあれど沈黙に限りはなくて犀をみてゐる

父の服ためしに着ればきつすぎて胸苦しくて横へよろめく

謝肉祭ひとを這はせて椅子となす水面あるく土方巽

ウスタゴは詩人か奴隷商人か山高帽よりナイフとりだす

剝製師クジラの皮と格闘しつひに内部にランプをともす

隠れたる神はあらはれ跿(ゐざ)りでてわれらのまへで狂気を演ず

落ちつかぬこころよ熾火はくすぶつて中原中也に嫁すひとのある

ウスタゴの芽吹き花咲き枯れしのち恥ずかしさうに骨うち鳴らす

ビニールのブーゲンビリア髪に挿し十指ひろげて鶏を追ふ姉

よがりごゑ苦しみのごと絶えるごと肩まで暮れてあとまつしろけ

スピノザの磨くレンズの湾曲に顔を映さば鼻大写し

軸となる土方巽の鳥の脚たたら踏みつつ奥へしりぞく

ウスタゴのさきをゆくのはウスタゴかひと夜落ち雛鳴くこゑのして

少女らの手にはとどかぬさくらんぼ前後左右の風にきらめく

目のまへに文法学者の猿がゐてますますつのるわれの吃音

手術台のうへでミシンと雨傘はつひに出会はずけふも暮れゆく

ウスタゴののたりゆられし春の舟ミルクのやうに記憶もうすれ

訪れし販売員（セールスマン）の売る聖書豚皮表紙で紐二本ある

針の尖とまる天使の総崩れ時雨の直前きやつと叫びが

人形のくびすげかへて三番目なみだなみだがのどもとつたふ

ランタンを順に手渡し木に吊るす少女らすぐにばらけてしまふ

ウスタゴはうらがへしてもウスタゴで嘔吐(ゑづ)く咳こむ引き攣る眩(くら)む

たくまざる逆説に満ちをんなにはやつぱり禿と髭とが似合ふ

美しいテロルゆめみて死ぬ政治ゴルゴ13の時代ありしが

雪の夜は花咲蟹が海底を亡者のごとくあるくを想ふ

火遊びに顔を照らして少女たちウスタゴのこと夜警と思ふ

入口がやがては出口に通じると安易に思ふ明るいうちは
凧のごとからだの張りを陽に向けて伸ばす少女と猫のバルチュス
サマンサの息子の恋人サマンサでたがいに相手をサムと呼びあふ
猫わらひ Tourette Syndrome の道化師はことば呑みこむ粉末にして
ウスタゴのひとりやふたりなんとでもG線上のどこかでうたふ

われわれはわれとわれとが寄りそつて背を向けあつて横目でみつむ

やつとこを下げてひよつとこやつてくる腐つた歯など一気ひきぬく

少女らのできるできないうざつたい紐が食ひこむ口の端まで

箱のなか箱のかたちのウスタゴのたまらず石が叫びだす夜

波柄のドレスはやがて棒になりさらに肥大し金魚に変はる

地図になき旅にしあらば星辰と聖なる狂気の指示にしたがふ

ごやごやと僧侶らつどふ筒のなかやりきれないつたらありやしない

涸れ川にふたたびあるをみずを飲む北のウスタゴ四つん這ひになり

雑草が抜けやすくなる雨上がり赤い動脈すべりひゆ這ふ

みつちりと菜種油の満つる壺それにさきだつ深い苛だち

禾(のぎ)の毛のひかる月夜のアナトミア石のごとくにこころざくざく

あたらしき罪びとを生む法のあるウスタゴにしてウスタゴのくび

ごりごりとどんぐり齧る豚のむれ朝森へゆき夕方もどる

四方から棺の巾ほどせばまつて壁うごきくるわが誕生日

晴天の空から雨傘降つてくる手ではらひのけ階段のぼる

空き家（いえ）の湯舟にみづを張つてから髪を沈めてねむるウスタゴ

僧形のひとが両手で喰ふ西瓜舌をうごかす炎のやうに

大股であるくアルルのヴァン・ゴッホゆびあたためてまた描きはじむ

息をつく肩をおほきく上下させ鱏（えひ）を海から引きずりだして

近似的分身としてウスタゴはわが身代はりに二度三度死す

ころぶとき縦から割れる横からも頭痛のなかのミッシェル・レリス

三万の雨粒は宙に静止して目くばせひとつで土砂降りとなる

一族の再会のために研ぐ刃物三人のためひとりとふたり

ウスタゴのここにゐるのもゐないのも小爆発のごと鳥は散る

ルナールの日記を読めばなほさみし冬の日差しが石あたたむる

天皇を撃つ銃も錆びついて冬の陽だまり平和にも似て

駆けてきてけつつまづいて転ぶひと都会の空に雲ひとつある

灰色の猫か立木かウスタゴか廊下の奥の闇を移動す

まんなかでふたつに割れる桃の実の妻もかつては少女でありき

キーキーと鳴る自転車に豚のせて漕ぐのぼり坂目が白くなる

かなはざる顔の包帯取れる日に赤い風船プレヴェールから

ウスタゴの問ひし答へは仇となり空を怖れて近づかぬ鳥

アカシアと贋アカシアに雨が降る開いてみれば他人(ひと)の雨傘

うすぐらい廊下に見知らぬ祖父母たつ他人のゆめのなかに紛れて

ウスタゴの出生につき諸説あり他人(ひと)を裏切るよりもおのれを

群衆はくびをよこせとつどひしや？　サドの左にサドはめざむる

あぢさゐは萎えてむらさき淡くなり姉の乳暈むらさき冴ゆる

サフランの球根洗つて捨てるみづ犬の温(ぬく)みでその夜はねむる

裏返りからんと氷の鳴る酒場西東三鬼犬歯隠して

迂回しながらウスタゴを探して

奇怪ではあるが、しかし甚だ確実であるのは、オランダの農民は、時々不幸にもコウノトリを傷つけて脚を折ったりすることがあると、その脚を木で作ってつけてやることである。

……ジュール・ミシュレ

映画館入つてみればわれひとり大音響の海をみたりき

タンポポの茎にポンプをつないだら？　〈そんな真似は俺にはできねえ〉

ころ嗄らし血を吐くまでもうたふとぞほととぎすにして十歳の夏

反りかへり石段のぼりくる妊婦腹つきだして西瓜をさげて

見るまえに跳ぶか跳ばぬかウスタゴは歯にはさまつた鶏肉せせる

われ知らぬわれのくらやみ知りしわれわが名を呼べどわれにはあらじ

書いて消し消してまた書く黒板にうつすら残る楽譜の一部

埋立地（ランドフィル）そのさき細くエトセトラすべてを引いてものこる人生

下半身病んで通院する姉とページをめくるやうに散る薔薇

天使との戦ひ破れアルトーは溶けて広がりただみづたまり

立ちあがるときウスタゴに萌(きざ)せども出かかる放屁ひねりつぶして

枇杷の実をいくつか洗ひシャンソンを口ずさむ瞽女(ごぜ)枇杷むきはじむ

逃亡のとちゆう立ちよる自転車屋やみから突きでる耳そして耳

ゆびさきを順につまんで引つ張つて手袋ぬぐまでつづく小夜曲

ままごとのあと捨てられる赤まんまかつての敵のをんなを妻に

死者の名の詐称か偽名かウスタゴを名のつてゐればやがておのが名

分解しまた組みたてる鳩時計ひとつ歯車余れどうごく

いつたんは失せてふたたび見いだせる神はかつての神にはあらじ

咲きかけてふと落ちる花問ひかけて忘れてしまふ問ひの多さよ

さめてのち肩に痛みののこるゆめなにをどこまで担いだものか

出迎へのまたは別れのあいさつに顔をしたから照らすウスタゴ

ひとりならことばは要らぬふたりならことばを探す別れのために

向かう岸葦のあいだにたつ子ども顔は消されて蚊柱のたつ

はじまりのひと葉の揺れが全体に広がり最後のひと葉がゆれる

どこかから来たりどこかへ去つてゆくうつつとわれのあひだをゆめが

埒もなくウスタゴだけがウスタゴでその空白に火柱がたつ

湿原の向かうは館そのてまへ冬の果樹園……鳥はいづくに？

〈Call Me Ishmail〉と嵐に向かつていちどは叫んでみたかつた

もう歳をとらなくなつた父よりもわれは老ひたり葱の花咲く

をんなでもをとこでもなくをんなでもをとこでもある天使……のパジャマ

ウスタゴと呼ばれてわれは立ちあがるほかにもあつちで立ちあがるひと

その活計（たつき）忘れたまへる死者にして棺に置かれしサキソフォンかな

夜叉祭昨夜（きぞ）の跡地の猫の面あちこち踏まれ凹んでありぬ

うつむいて上目づかひのうすわらひピエロにさへも鳩は寄りくる

大叔父の名は花次郎浪曲師うゑうゑうゑつと血痰を吐く

あらはれて消えるウスタゴ寛(くつろ)ぐはだあれもゐない群衆のなか

蟹を割る……小片ごとに解体し肉せせりだす時計修理師

ぱかぱかに乾いた蛇の轢死体(ロードキル)平らに伸され、反り、起き上がる

花の名をひとつふたつと忘れては思ひだすため海をみてゐる

読点をうてば文章ちよん切れて蜥蜴（とかげ）のしつぽのやうによぢれる

よんどころなく消えてゆくウスタゴの足にすり寄る他人の猫が

河原にひとと鶏とが番ひをり踏まれる石はみな目をひらく

黒縞の白馬か白縞の黒馬か？　されど涼しいゼブラの睫毛

四方から濡れた雨傘背や頬を突くのであつた地下道出れば

アルバムを失ひたくないばつかりに燃える部屋へと戻り……戻らず

散りさうで散らざりしままウスタゴは傷病兵の白衣をたたむ

朝ごとに猫は野菊をくぐりぬけどこかで暮らし夕方もどる

しばらくは飢ゑを満たしてゐたものの抱きついてくる捨てられた猿

探せどもみつからぬ墓水仙は他人の墓にささげてきたり

ずるずると廃嫡されしわが父の吸ふとろろ飯そのかたつぶり

三界のあちらこちらに身を置いてことばの犠（にへ）になるかウスタゴ

ひとりづつだけしか渡れぬ吊り橋の向かうの端はかすんでみえず

怯えつつ歯をむきだして後退（あとじさ）る馬の口臭悪魔のごとし

紙風船びんた張るがにうちあげてさくらふぶきのながれに乗せる

くちべにが耳まで逸れてまた嬉し少女ら産卵する木曜日

ウスタゴといふ名のカエル毒蟲を呑んで吐きだす胃を裏がへし

どの鳥を真似てゐるのか地（ぢ）のこゑかぎゑぎゑぎゑわめくモッキングバード

死してなほ死者死にきれず死者の漕ぐ見えぬブランコをとだけ聞こゆ

百本の向日葵バケツに活けてからおのれの方に向けととのへる

にこやかなバーのマスター冗談は出刃をガーゼでくるんだ感じ

巷ではアリスばかりがなぜもてるいつたん伸びて縮んだだけの

ウスタゴはことばの灰からよみがへり灰にまみれた蒟蒻(こんにゃく)洗ふ

めざめれば巡礼宿の塔のなか踊り場ごとに鳥の巣がある

うたひつつ少女のゆびは交差して紙に描(か)かれた鍵盤たたく

退屈で雲といふ名の猫になる退屈こそが至福の猫に

ウスタゴを炭火にかざしうらがへすたちまち反つて丸まるこころ

その少女手話でつたへる馬のこと紙風船をうちあげるがに

海に落ち星はたちまち石になる老婆はからだのまんなか洗ふ

行儀よくそして静かな幼児ゐて坊主頭のうへの満月

余り乳濡らすTシャツ春の宵赤子かと思(も)ふ猫の嬌声

犀がゐてただゐるだけで夕暮れて犀の影へと犀はしりぞく

荒海がかつての海をとりもどす風に混じつて死者の口笛

映画館入つてみればひと気なく超拡大の陰(ほと)をみたりき

断念としてのおらおらおらよ

言うことができることは、クリアに言うことができる。そして語ることができないことについては、沈黙するしかない。

……ルートヴィヒ・ヴィトゲンシュタイン

砂を蹴り糞にかぶせる犬のこと一回転しておらおらおらよ

あなたから〈Who Are You?〉と言はれるとほんとにめげる晴れた日曜

葦原で鳥笛吹けばどこかからおなじこゑするすこし高めに

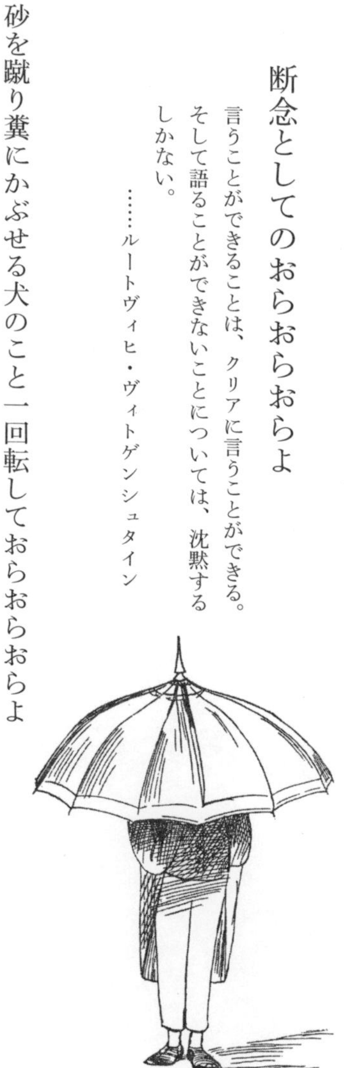

金魚鉢めぐる金魚は正面で顔大映しおらおらおらよ

恋人よゆびのあひだを風が吹く右から数へて五番目の鳩

岸辺なき流れよわれの目は昏く近くでみれば遠きふるさと

恐怖とは恐怖のほかに見ることを禁ずるちからおらおらおらよ

この街の仔ら汚れなく乱れなく叫ぶことなくやや気味悪し

女坂花咲く合歓にみとれてはまたもよろめく犬に引かれて

髪薄きはだかの人形腹押さば〈押すな〉と唸るおらおらおらよ

街灯と街灯のあひだ闇のなかをんながをとこにナイフを渡す

母が逝く夏をかなかな啼くがいい腹裂けるほど音量あげて

狼の仮面をかぶつてゐるうちに素顔に変はるおらおらおらよ

ふところに帽子のうらにポケットに出番を待つて畳まれてゐる鳩

この犀にまさに鉞（まさかり）かむ手鼻うつろに増えるやつぱり萌やし

道化師はヒトデのやうにあちこちへ四肢つきだして追ひかけてくる

すべきこと忘れぬやうに書いたメモ忘れてしまふおらおらおらおらよ

停車位置乗車位置とがずれしゆゑひとびとうごく立木のやうに

フロリダに季節はないと言ふきみのうしろに季節のない寒椿

星形に伸(の)されて乾くいちまいの小型動物おらおらおらよ

日の丸の丸がしたたる血のしづく海昏すぎる鎮魂(たましづめ)には

遠くから来たりてとなりに立ちつくすツェランは去れり影置き去りに

ねむるうち河馬のからだにあるねむりすこしづつ減るおらおらおらよ

鳴りつづく電話に応へるものはなくやがて途絶える死ねとごとくに

筒のみづ筒のかたちにつつたつて両掌を打てばさざなみのたつ

メメ夫人バットで柘榴かつとばす弾けるルビーおらおらおらよ

豆の蔓ルンバのリズムで伸びてきて手鏡の柄や髭にからまる

股のひげローラは剃つてみたりけり駝鳥の卵のやうに素敵に

語りえぬことについては黙つてはゐられはしないおらおらおらよ

わらふとき堪へはしても裂ける口道化につづく道化百人

黙々とゴキブリを火に焼べながら父はちりんと火箸を鳴らす

三角形であることに耐へきれず自転車になるおらおらおらよ

思ひ出をもとに切りぬく横顔は山羊に似たるか戦死した甥

その土地を故郷と呼ぶか墓地と呼ぶそれぞれ母の思ひ出次第

われつひに希望といふ名の病から癒ゆることなしおらおらおらよ

針のない時計のやうな表情でわれに花束押しつけて去る

噫気鬱(ああ)！　機械仕掛けのテナガザルサティ奏でるシンバル打つて

三匹の子豚のひとつソーセージピンクに焼けておらおらおらよ

輪をならべ輪に火を点けて輪をくぐるわわしきかなや虎の一列

見えるもの見えないものもこき混ぜて黒すぐりのジャム寺山修司忌

日曜にはじめて土曜にしあがらず火曜にのびるおらおらおらよ

花びらが閉じて結んで蕾へともどるまぼろし（そんな日のきみ）

ひとは去るひとにともなふもろもろも棺のまはりの冬はなざかり

みづすましすすんだあとのみなもには傷ひとつなしおらおらおらよ

みづからを裏切り神の牲（にへ）として遠くに住むもとなりのをとこ

水面に映つて逆さに飛ぶ鳥を見てゐるばかり妻は帰らず

火遊びと言葉遊びに区別などあるはずもなくおらおらおらよ

長雨で腐れキャベツを銃で撃つ老人ありきひとごとならず

賀茂川の魚(いを)に屍は与ふべし親鸞願へどさうとはならじ

死のあとに死はすでになく死のまへに死はいまだなくおらおらおらよ

果樹園に嵐のあとに来てみれば大小の鳥すでに来てをり

釣りあげし蝶鮫(スタージョン)などけものめき針を外せば白眼に変はる

逃げてゆくしつぽをつかみひき戻すしつぽの先のおらおらおらよ

仏壇に栗羊羹の厚切りを供へたあとで奥をうかがふ

流れつく壜のうちなるメッセージただ簡潔に〈死ね〉とあるのみ

とつぜんに風向き変はり放尿の飛沫（しぶき）を浴びるおらおらおらよ

散りがてのさくらに雪が混じる春父の隠し子たづねてきたり

鳥の巣の卵を掬（すく）ひとるやうに腕をのばして蠟燭つける

別れたり待つてゐるときひとの性質（さが）よく表るるおらおらおらよ

喊声のたびにふりむき娘問ふ〈行かないの？　もうはじまつてるよ〉

てのひらに降（お）りて溶けゆく雪片のしづくに映るさらに降る雪

むきだしの犬のペニスにさも似たりリップスティックおらおらおらよ

老兵をのせた電車はカーヴして手の花束はひだりへなびく

	著者名	書名	定価
41	春日いづみ	『春日いづみ歌集』現代短歌文庫118	1,650
42	春日真木子	『春日真木子歌集』現代短歌文庫23	1,650
43	春日真木子	『続 春日真木子歌集』現代短歌文庫134	2,200
44	春日井　建	『春日井　建 歌集』現代短歌文庫55	1,760
45	加藤治郎	『加藤治郎歌集』現代短歌文庫52	1,760
46	雁部貞夫	『雁部貞夫歌集』現代短歌文庫108	2,200
47	川野里子歌集	『歓　待』＊読売文学賞	3,300
48	河野裕子	『河野裕子歌集』現代短歌文庫10	1,870
49	河野裕子	『続 河野裕子歌集』現代短歌文庫70	1,870
50	河野裕子	『続々 河野裕子歌集』現代短歌文庫113	1,650
51	来嶋靖生	『来嶋靖生歌集』現代短歌文庫41	1,980
52	紀野　恵 歌集	『遣唐使のものがたり』	3,300
53	木村雅子	『木村雅子歌集』現代短歌文庫111	1,980
54	久我田鶴子	『久我田鶴子歌集』現代短歌文庫64	1,650
55	久我田鶴子 著	『短歌の〈今〉を読む』	3,080
56	久我田鶴子歌集	『菜種梅雨』＊日本歌人クラブ賞	3,300
57	久々湊盈子	『久々湊盈子歌集』現代短歌文庫26	1,650
58	久々湊盈子	『続 久々湊盈子歌集』現代短歌文庫87	1,870
59	久々湊盈子歌集	『世界黄昏』	3,300
60	黒木三千代歌集	『草の譜』	3,300
61	小池　光 歌集	『サーベルと燕』＊現代短歌大賞・詩歌文学館賞	3,300
62	小池　光	『小池　光 歌集』現代短歌文庫7	1,650
63	小池　光	『続 小池　光 歌集』現代短歌文庫35	2,200
64	小池　光	『続々 小池　光 歌集』現代短歌文庫65	2,200
65	小池　光	『新選 小池　光 歌集』現代短歌文庫131	2,200
66	河野美砂子歌集	『ゼクエンツ』＊葛原妙子賞	2,750
67	小島熱子	『小島熱子歌集』現代短歌文庫160	2,200
68	小島ゆかり歌集	『さくら』	3,080
69	五所美子歌集	『風　師』	3,300
70	小高　賢	『小高　賢 歌集』現代短歌文庫20	1,602
71	小高　賢 歌集	『秋の茱萸坂』＊寺山修司短歌賞	3,300
72	小中英之	『小中英之歌集』現代短歌文庫56	2,750
73	小中英之	『小中英之全歌集』	11,000
74	小林幸子歌集	『場所の記憶』＊葛原妙子賞	3,300
75	今野寿美歌集	『さくらのゆゑ』	3,300
76	さいとうなおこ	『さいとうなおこ歌集』現代短歌文庫171	1,980
77	三枝昻之	『三枝昻之歌集』現代短歌文庫4	1,650
78	三枝昻之歌集	『遅速あり』＊迢空賞	3,300
79	三枝昻之ほか著	『昭和短歌の再検討』	4,180
80	三枝浩樹	『三枝浩樹歌集』現代短歌文庫1	1,870
81	三枝浩樹	『続 三枝浩樹歌集』現代短歌文庫86	1,980
82	佐伯裕子	『佐伯裕子歌集』現代短歌文庫29	1,650
83	佐伯裕子歌集	『感傷生活』	3,300
84	坂井修一	『坂井修一歌集』現代短歌文庫59	1,650
85	坂井修一	『続 坂井修一歌集』現代短歌文庫130	2,200

	著者名	書名	定価
86	酒井佑子歌集	『空よ』	3,300
87	佐佐木幸綱	『佐佐木幸綱歌集』現代短歌文庫100	1,760
88	佐佐木幸綱歌集	『ほろほろとろとろ』	3,300
89	佐竹彌生	『佐竹弥生歌集』現代短歌文庫21	1,602
90	志垣澄幸	『志垣澄幸歌集』現代短歌文庫72	2,200
91	篠　弘	『篠　弘 全歌集』＊毎日芸術賞	7,700
92	篠　弘 歌集	『司会者』	3,300
93	島田修三	『島田修三歌集』現代短歌文庫30	1,650
94	島田修三歌集	『帰去来の声』	3,300
95	島田修三歌集	『秋隣小曲集』＊小野市詩歌文学賞	3,300
96	島田幸典歌集	『駅　程』＊寺山修司短歌賞・日本歌人クラブ賞	3,300
97	高野公彦	『高野公彦歌集』現代短歌文庫3	1,650
98	髙橋みずほ	『髙橋みずほ歌集』現代短歌文庫143	1,760
99	田中　槐 歌集	『サンボリ酢ム』	2,750
100	谷岡亜紀	『谷岡亜紀歌集』現代短歌文庫149	1,870
101	谷岡亜紀	『続 谷岡亜紀歌集』現代短歌文庫166	2,200
102	玉井清弘	『玉井清弘歌集』現代短歌文庫19	1,602
103	築地正子	『築地正子全歌集』	7,700
104	時田則雄	『続 時田則雄歌集』現代短歌文庫68	2,200
105	百々登美子	『百々登美子歌集』現代短歌文庫17	1,602
106	外塚　喬	『外塚　喬 歌集』現代短歌文庫39	1,650
107	富田睦子歌集	『声は霧雨』	3,300
108	内藤　明 歌集	『三年有半』	3,300
109	内藤　明 歌集	『薄明の窓』＊迢空賞	3,300
110	内藤　明	『内藤　明 歌集』現代短歌文庫140	1,980
111	内藤　明	『続 内藤　明 歌集』現代短歌文庫141	1,870
112	中川佐和子	『中川佐和子歌集』現代短歌文庫80	1,980
113	中川佐和子	『続 中川佐和子歌集』現代短歌文庫148	2,200
114	永田和宏	『永田和宏歌集』現代短歌文庫9	1,760
115	永田和宏	『続 永田和宏歌集』現代短歌文庫58	2,200
116	永田和宏ほか著	『斎藤茂吉―その迷宮に遊ぶ』	4,180
117	永田和宏歌集	『日　和』＊山本健吉賞	3,300
118	永田和宏 著	『私の前衛短歌』	3,080
119	永田　紅 歌集	『いま二センチ』＊若山牧水賞	3,300
120	永田　淳 歌集	『竜骨（キール）もて』	3,300
121	なみの亜子歌集	『そこらじゅう空』	3,080
122	成瀬　有	『成瀬　有 全歌集』	7,700
123	花山多佳子	『花山多佳子歌集』現代短歌文庫28	1,650
124	花山多佳子	『続 花山多佳子歌集』現代短歌文庫62	1,650
125	花山多佳子	『続々 花山多佳子歌集』現代短歌文庫133	1,980
126	花山多佳子歌集	『胡瓜草』＊小野市詩歌文学賞	3,300
127	花山多佳子歌集	『三本のやまぼふし』	3,300
128	花山多佳子 著	『森岡貞香の秀歌』	2,200
129	馬場あき子歌集	『太鼓の空間』	3,300
130	馬場あき子歌集	『渾沌の鬱』	3,300

	著 者 名	書 名	定 価
131	浜名理香歌集	『くさかむり』	2,750
132	林 和清	『林 和清 歌集』 現代短歌文庫147	1,760
133	日高堯子	『日高堯子歌集』 現代短歌文庫33	1,650
134	日高堯子歌集	『水衣集』 ＊小野市詩歌文学賞	3,300
135	福島泰樹歌集	『空襲ノ歌』	3,300
136	藤原龍一郎	『藤原龍一郎歌集』 現代短歌文庫27	1,650
137	藤原龍一郎	『続 藤原龍一郎歌集』 現代短歌文庫104	1,870
138	本田一弘	『本田一弘歌集』 現代短歌文庫154	1,980
139	前 登志夫歌集	『流 轉』 ＊現代短歌大賞	3,300
140	前川佐重郎	『前川佐重郎歌集』 現代短歌文庫129	1,980
141	前川佐美雄	『前川佐美雄全集』 全三巻	各13,200
142	前田康子歌集	『黄あやめの頃』	3,300
143	前田康子	『前田康子歌集』 現代短歌文庫139	1,760
144	蒔田さくら子歌集	『標のゆりの樹』 ＊現代短歌大賞	3,080
145	松平修文	『松平修文歌集』 現代短歌文庫95	1,760
146	松平盟子	『松平盟子歌集』 現代短歌文庫47	2,200
147	松平盟子歌集	『天の砂』	3,300
148	松村由利子歌集	『光のアラベスク』 ＊若山牧水賞	3,080
149	真中朋久	『真中朋久歌集』 現代短歌文庫159	2,200
150	水原紫苑歌集	『光儀（すがた）』	3,300
151	道浦母都子	『道浦母都子歌集』 現代短歌文庫24	1,650
152	道浦母都子	『続 道浦母都子歌集』 現代短歌文庫145	1,870
153	三井 修	『三井 修 歌集』 現代短歌文庫42	1,870
154	三井 修	『続 三井 修 歌集』 現代短歌文庫116	1,650
155	森岡貞香	『森岡貞香歌集』 現代短歌文庫124	2,200
156	森岡貞香	『続 森岡貞香歌集』 現代短歌文庫127	2,200
157	森岡貞香	『森岡貞香全歌集』	13,200
158	柳 宣宏歌集	『施無畏（せむい）』 ＊芸術選奨文部科学大臣賞	3,300
159	柳 宣宏歌集	『丈 六』	3,300
160	山田富士郎	『山田富士郎歌集』 現代短歌文庫57	1,760
161	山田富士郎歌集	『商品とゆめ』	3,300
162	山中智恵子	『山中智恵子全歌集』 上下巻	各13,200
163	山中智恵子 著	『椿の岸から』	3,300
164	田村雅之編	『山中智恵子論集成』	6,050
165	吉川宏志歌集	『青 蟬』（新装版）	2,200
166	吉川宏志歌集	『燕 麦』 ＊前川佐美雄賞	3,300
167	吉川宏志	『吉川宏志歌集』 現代短歌文庫135	2,200
168	米川千嘉子	『米川千嘉子歌集』 現代短歌文庫91	1,650
169	米川千嘉子	『続 米川千嘉子歌集』 現代短歌文庫92	1,980

＊価格は税込表示です。

砂子屋書房 〒101-0047 東京都千代田区内神田3-4-7
電話 03(3256)4708 FAX 03(3256)4707 振替 00130-2-97631
http://www.sunagoya.com

砂子屋書房 刊行書籍一覧（歌集・歌書）

2024年8月現在

＊御入用の書籍がございましたら、直接弊社あてにお申し込みください。
代金後払い、送料当社負担にて発送いたします。

	著 者 名	書 名	定 価
1	阿木津 英	『阿木津 英 歌集』 現代短歌文庫5	1,650
2	阿木津 英 歌集	『黄 鳥』	3,300
3	阿木津 英 著	『アララギの釋迢空』 ＊日本歌人クラブ評論賞	3,300
4	秋山佐和子	『秋山佐和子歌集』 現代短歌文庫49	1,650
5	秋山佐和子歌集	『西方の樹』	3,300
6	雨宮雅子	『雨宮雅子歌集』 現代短歌文庫12	1,760
7	池田はるみ	『池田はるみ歌集』 現代短歌文庫115	1,980
8	池本一郎	『池本一郎歌集』 現代短歌文庫83	1,980
9	池本一郎歌集	『萱鳴り』	3,300
10	石井辰彦	『石井辰彦歌集』 現代短歌文庫151	2,530
11	石田比呂志	『続 石田比呂志歌集』 現代短歌文庫71	2,200
12	石田比呂志歌集	『邯鄲線』	3,300
13	一ノ関忠人歌集	『さねさし曇天』	3,300
14	一ノ関忠人歌集	『木ノ葉揺落』	3,300
15	伊藤一彦	『伊藤一彦歌集』 現代短歌文庫6	1,650
16	伊藤一彦	『続 伊藤一彦歌集』 現代短歌文庫36	2,200
17	伊藤一彦	『続々 伊藤一彦歌集』 現代短歌文庫162	2,200
18	今井恵子	『今井恵子歌集』 現代短歌文庫67	1,980
19	今井恵子 著	『ふくらむ言葉』	2,750
20	魚村晋太郎歌集	『銀 耳』（新装版）	2,530
21	江戸 雪 歌集	『空 白』	2,750
22	大下一真歌集	『月 食』 ＊若山牧水賞	3,300
23	大辻隆弘	『大辻隆弘歌集』 現代短歌文庫48	1,650
24	大辻隆弘歌集	『橡（つるばみ）と石垣』	3,300
25	大辻隆弘歌集	『景徳鎮』 ＊斎藤茂吉短歌文学賞	3,080
26	岡井 隆	『岡井 隆 歌集』 現代短歌文庫18	1,602
27	岡井 隆 歌集	『馴鹿時代今か来向かふ』（普及版） ＊読売文学賞	3,300
28	岡井 隆 歌集	『阿婆世（あばな）』	3,300
29	岡井 隆 著	『新輯 けさのことば Ⅰ・Ⅱ・Ⅲ・Ⅳ・Ⅵ・Ⅶ』	各3,850
30	岡井 隆 著	『新輯 けさのことば Ⅴ』	2,200
31	岡井 隆 著	『今から読む斎藤茂吉』	2,970
32	沖 ななも	『沖ななも歌集』 現代短歌文庫34	1,650
33	尾崎左永子	『尾崎左永子歌集』 現代短歌文庫60	1,760
34	尾崎左永子	『続 尾崎左永子歌集』 現代短歌文庫61	2,200
35	尾崎左永子歌集	『椿くれなゐ』	3,300
36	尾崎まゆみ	『尾崎まゆみ歌集』 現代短歌文庫132	2,200
37	柏原千惠子歌集	『彼 方』	3,300
38	梶原さい子歌集	『リアス／椿』 ＊葛原妙子賞	2,530
39	梶原さい子歌集	『ナラティブ』	3,300
40	梶原さい子	『梶原さい子歌集』 現代短歌文庫138	1,980

金色のジャケット羽織りやつてくるカンカン帽の宮本武蔵

そのうちに耳を圧して億といふもの囀るをとおらおらおらよ

終点で降りる電車をみわたせばわれを見返す傷兵ばかり

手にすくふみづにひかりは黒々ともときた星へ返してやらめ

外面が見えねば見えぬ内面もわれらにとつておらおらおらよ

盗癖の友と屋台で酒を汲む競輪とテロ、先師を論ず

陰になり日向になるやう向きを変へ黙することに才長けて犀

引潮が引きずる自転車なにもせず見てゐただけのあのろくでなし

母親に死なれてみれば捨てられた感じが消えずおらおらおらよ

家系図のとちゆうで絶える家多く父をへだてて咲くやぶがらし

生がもし悲喜劇ならば観客はいつたいだれだおらおらおらよ

大声で語れば消えるニュアンスを伝へる歌にまた夜の雨

青空が飛蝗（ひくわう）のむれで暗くなる（やはり痛みはうちがはからか）

墓穴を掘れば湧きだす泥のみづ冬のさなかにおらおらおらおらよ

桜花的理性批判

夢はたんにほかの手法による思考の延長にすぎない。
……ヴォルフガング・ユルゲン・アイゼンク

さくらへばさくらはずともさくらふる死にともなつて散るにあらねど

ちちははが嫌ふ友呼び晩餐の烏賊墨パスタでみな口黒し

つながらぬものもつながる喩によりてごとくごとかるものことごとく

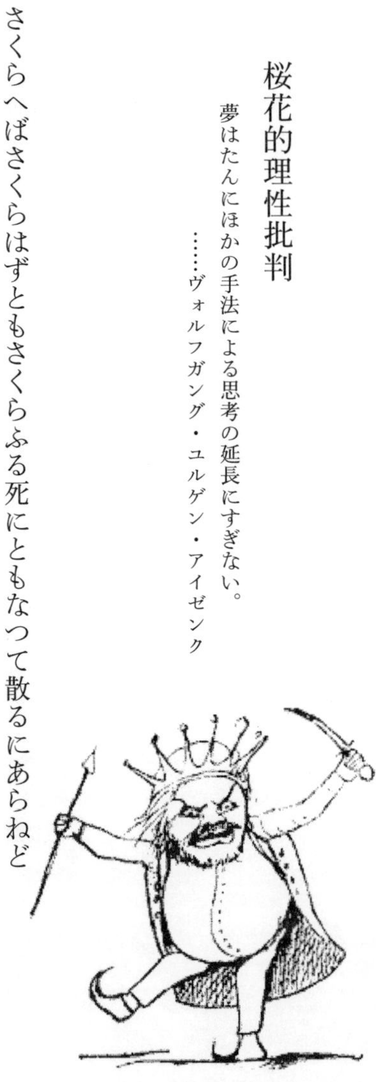

はなふぶき囂囂と鳴る奈落までうたふ君が代ひとりづつ消ゆ

考えるふりをしながら考える土方巽、帯曳き摺つて

若さゆえ老ひし遊女のごと緩み太い屁をひることのさなかに

カウチにはそれは優美な豹がゐて自在にわれのゆめを出入りす

満月の夜は喩により入れ替はる桜は死者に死者は桜に

走り去る素つ頓狂なこゑをあげスピーチ・バルーンを蹴とばし駝鳥

大伯父の見えぬ傷痕にしひがし犯罪記録に桜挟んで

目をつむりねむるあたはぬ蛇にしてゆめことごとくうつつと映る

この花の赴くところ死者もゆく喩にいざなはれ死者うつくしく

サブローの熱い鼻血がつと落ちる死ぬまで蟬をみづに沈めて

花はみな宇宙の構造模してゐて覗けば覗くわが背中みゆ

くり抜かれ傘立てになる犀の足すこし不安に傘はかたむく

花のあと闇とからだを分かちあふ相手の口から漏れるわがこゑ

電球は汚れたままで傷多くそんな顔して出所する兄

ひとりめとふたりめの前妻（つま）同居して瞬（まばた）きだけで会話を交はす

幽霊も住みがたかりきあちこちに水溜りある地下駐車場

すみやかに濃き白色となる花のゆくへたどればすでに鬼棲む

口中でおのれの髭をねぶりつつ土方巽、やはい沢庵

ユダの知るユダのことならユダに聞け噂の絶えぬ母方の祖父

なんとなく生きて死ぬのもなんとなくここと思へばあそこに螢

はからずも桜さくら葉さくらの実わが血沈のさがりてやまず

雨傘と行李、ゴム長、一輪車見知らぬをとこ……われの曽祖父？

優しさに苛だつこころ抑へかね背にまたがれば馬は温(ぬく)とし

わが叔父のからむくすねるひけらかす蜘蛛のごとくにわしわしあるく

血を吸つて赤くふくらむ蚊のやうに茱萸(ぐみ)熟れる原うたた乱れて

夕暮れて空は衣装をとりかへる女体の影のやうな砂丘に

〈サブローは金魚を風呂に入れたのよそれでああしていま泣いてるの〉

からからと氷とびだす製氷機思ひだすことあれど忘れる

行き倒れ案山子そのまま横倒しさくらふぶきの丘を見てゐる

よいよいがいよいよとなりそれまでよ薄荷はな咲くそしてこぼれる

いつもみるテレビ画面のうらがはにイヤフォンをした座敷わらしが

ゆぴゆぴよ、ゆぴゆぴゆぴよ、ゆぴゆぴよ親も仔もないその子守唄

灯のもとで沼にあらはる鯉の顔灯を吹き消せばぬつと夜桜

ビー玉が暗い廊下に四散して鬼が加はるひとり家族に

たまゆらに花をことばで飾るよりことばを花で飾る喪の花

屋内に生える茸は耳に似て談ずるわれらこゑをひそめる

海へゆく海の嫌ひな犬つれて家にこもつて拗ねる末つ子

性急に咲けどまだまだ寒い春花ひつこめるわけにもゆかず

父の言ふももんがあとは父のこと？　顔に穴あるかかとにさへも

啼かぬ鳥嘘をつく鳥飛ばぬ鳥、館の鳥を分類すれば

どのやうに説明したらいいのだらう？　フラスコのなか海荒れてゐる

ドアのノブてるてる坊主たまご茸いづれ月夜に照る面妖に

夕焼けが鴉をあっちへ追ひ払ひ泣顔になるへのへのもへじ

あっちとはどっちの方か（幕間あり）狐は鶏を咥へあっちへ

濃淡のさくらふぶきのすきまから臑毛がみえるそして父逝く

折り鶴をほどひてみれば折線が四方(よも)に広がる紙の外まで

とまどひは寺山修司であることの桜の黒実その苦笑ひ

飛ぶ空に跡を残さぬ鳥のことわれに失ふもののまだある

さりながらひとを殺さば穴ふたつ病葉だけがのこる桜木

舟小屋が燃え落ちたあと蛇口だけ突つたつてゐてみづしたたらす

ひと月で報告せよと王の命〈馬は滅ぶか？〉〈馬は滅びず〉

見開きが灰色の海とはなふぶき絵本閉づれば海から遠く

ちり紙でつつむ義眼は乾くのみわが大伯父の種なしスイカ

幕が降り昏き舞台の異人街よいしよよいしよと桜木移る

待ちきれず部屋に飛びこみおたがひの服を剝ぎとる、父の命日

校庭のさくらひと枝玉乗りは玉にのぼつて手折らんとする

真つ白な魚を空に泳がせてぼくらは帰る腹ぺこだから

桜森闇ばかりなる明るみへ捜しにいつて探されてゐる

ものなべて終はりであるかのやふに舞ふ土方巽、折るねぢり飴

かにかくに思想の自由あれれども自由な思想われらもたずき

狂ひ咲きしやすいさくら寒に遇ひエクスタシーはあたら腑抜けて

〈閣下！　かか革命ですぞ〉デラシネの首都をとりまくペンギンのむれ

はなびらは濡れてわづかにもりあがる蕊（しべ）にふれれば溜息聞こゆ

うらがへすてのひらを這ふかたつむり逢魔が時にも魔には出逢へず

鏡には映れど言葉に映らざる土方巽、釜の尻拭く

口笛で吹く葬送歌いつからか父を父とは呼ばなくなつて

ふるさとはサイレント映画の土砂降りで桜鯛棲む傷だらけの海

少女らの石もて殺すくさり蛇染井吉野による花粉症

猫を飼ふやうに病に馴れることレモンの鉢にみづをやること

浮腫(むく)んだ瞼(め)、満月のごと腫れた顔鬱金桜による花粉症

来てみれば聖書の街の石ころは凶器にもなる裏か表で

姥ざくら大蜘蛛のごと蹲(うずく)まりわずかな花をかかげてみせる

伯父が来て三波春夫を真似るとき口にゆび入れ口をひろげる

山桜ねむりのつづきのやうに咲く遠くでだれか〈はい〉といふこゑ

鶏(とり)の羽根むしられ梁に吊るされる……ごとく伸びする土方巽

桜森クラスさぼつてわれひとりときに遠くで喚声きこゆ

どこであれ異物のやうにみゆる犀　澄む悲しみにわれも澄みゆく

よんどころないここよりは満開の桜の枝にくび吊りにゆく

オクトプス吸ふクリトリス北斎の春画によせて桜ひと枝

火によりて火を定義する火に向けてアウシュビッツでクラウゼビッツ

少女らの枝垂桜のあかんべい散りゆくものは喩にほかならず

しどけない薔薇の背後でなみだ目のマリア・カラスはまるで鴉の

そのあとで股のあひだを拭いてやる春の日差しはそこまでおよぶ

となり街ハイポラクソのその謂(いひ)は、まはりが水で出るに出られず

抜いたあと開きゆるんだ陰唇の影のかたちのからだのかたち

花嵐耳をすませばもろもろの縁者の怨み辛みも混じる

食卓で陰（ほと）から漏れでる精液（シーメン）のきみにあらざるけもののにほひ

紐の切れつぱし……ことばのないうた

殺しというのは人にできることの中でいちばんむずかしいことなんだ……愛よりも複雑なんだぞ、愛だったら、さらなる愛をはぐくむ可能性を育てることができるんだからな。

……ロバート・F・ジョーンズ

紐にでもなつてやらうかのたくつてとぐろを巻けば二度とほどけず

とりどりに犀に降る星さざめいて〈ゆめみる石のごと美しく〉

歌詞のない国歌はありや俯(うつむ)いて沈黙(しじま)にゆめをゆだねるやうな

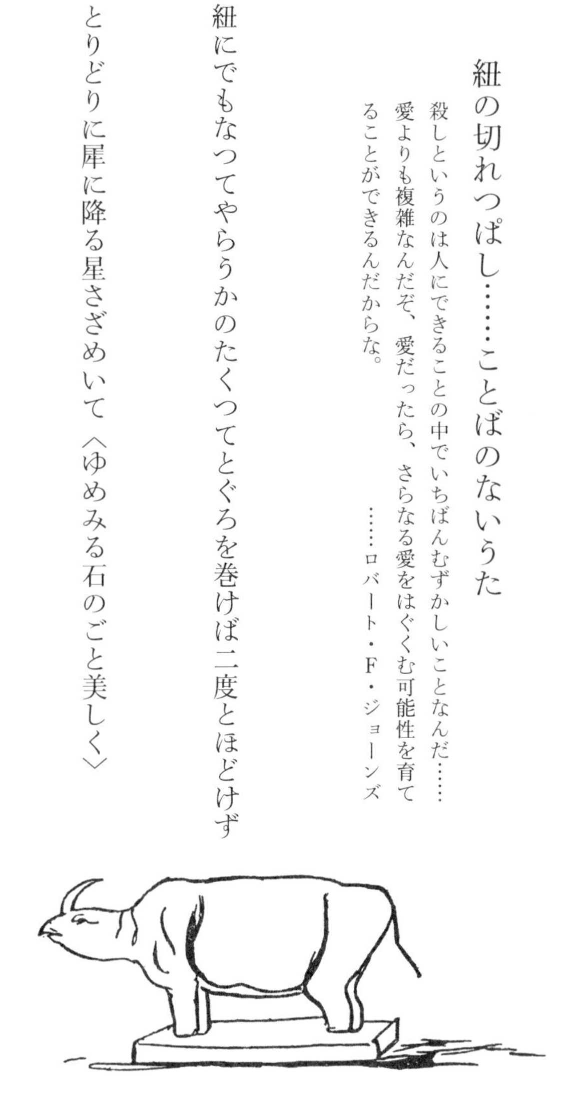

まぶしげに猫は日向で伸びをして裸のマヤのやうにねそべる

水面のうらがはあるく孑孑（ぼうふら）は歌を忘れた音符のやうに

気がゆるみ紐はほどけるぐなぐなと二回三回そして五回も

わが聖書ひらき癖ありそのページガダラの豚のむれの狂へる

結べどもすぐにほどける紐のこと主体性のなさ訊（ただ）され黙る

土手に沿ひ行つて戻つて鬼蜻蜓（おにやんま）で風切るヤクザのやうに

紐を引くそして人形うたひだすその表情のその無表情

くだものを買ふやうに本を買つてきて皮剝くやうに夜読みふける

きのふから海は海鳴り木は木鳴りうしろばかりがなぜか気になる

とちゆうから切れてそのさきなにがある？　紐のたぐひは信用できず

肩に吊る石膏の腕に落書あり〈よくなつたら泳ぎにいこうね〉

湖（うみ）を埋め建てしわが家と聞きしかばときにみなそこあるくゆめみる

みづからの生みだす齟齬よ反転よ紐を思へば他人（ひと）ごとならず

キャバレーのをんなが裏の戸を開けてをとこと話す猫はでてゆく

アタナシオ！　おまえの人生をつをつをつナイフのうへのダンスのやうな

このごろの紐の行状目に余る酔つて死人のごとからみつく

逝くときは冬かもしれず螢来よ雪に混ざつてわが葬送に

山之口貘さんの食ふ初夢はさりさりとしてセロリのごとし

青桃のままでみな落つ初夏（はつなつ）の咽喉の渇きよ火喰ひをとこよ

紐として反省すべき点もあり部屋にこもりぬナルシシスティックに

湿地帯つらぬく道を犀がゆく死んだわけでもないのに寂し

ひめじおん城のまはりを地平まで吐く息に似て白の濃淡

みづにゆびふれて温度を知るやうに第一弾の鍵盤たたく

アパートの裏の胡桃の木のしたの錆びた自転車しやがんだ少女

からみつくうねるほどけるこすりあふ紐のうごきはときにみだらに

かたむける頭はさらに重くなる疑惑のやうに茂る刺草（いらくさ）

ひこひこと鳴るのは笛を呑んだせい脇でみあぐる犬と目が合ふ

鳥の呑む紐は消化器通過してその先端は糞にまみれて

もがけども海に沈めし三輪車汐汲む町の汝ら母よ

枇杷の木は闇をかかへて枇杷の実は義眼のやうに見かへすばかり

紐預け一年のちの伸びぐあい丈やや詰り太めにしある

束ねてもあちこち飛びだすクレマチス風の気まぐれ子どもの勘気

ヴェッラとはナボコフ夫人のことなりき眼鏡をかけて蛹（さなぎ）をつまむ

風邪ひきの紐のすがたの惨めさよくさめするたび鞭うつごとし

蠟製のラーメンにうつすら降るほこり青空を知るティベッツ氏逝く

みづたまのパジャマが似合ふ狼が寝たふりしてゐていまはしあわせ

わが井戸の紐をたぐればついてくる西瓜、かはらけ、その他もろもろ

赤と黒、夜と椿の支那ドレスこころ急くまま目は横流れ

貨物車の連結器鳴るつぎつぎとあしたのジョーにすでにあすなく

女衒（ひも）にさえ女衒（ひも）のモラルはあれれどもおのれ以外の女衒（ひも）に求むる

ともすれば爆発もある自壊さえ時計じかけのオレンジ剝けば

いそがしい猫よまだまだねむい月気になる金魚木になる木の実

巻きとられ長いねむりをねむる紐悪夢を見てはぴくつとうごく

てのひらに載るブルドッグソプラノで吠えるばかりで嚙みつきはせず

花を刈る生誕のまた喪失の花よ花々時間よとまれ

つながつていつぽんになる紐のこと接続部分に赤味がのこる

Botanical Gardenまでの道順を聞かれて少女大きく撓(しな)ふ

凶暴な目つきのかもめと目が合つてすれちがふ冬きみは死角に

わがうちに張り巡らした紐がありひとつ切れればいつも眩暈(めまひ)す

遠ざかる最終電車煌々と乗客ひとりムンクの叫び

水銀の粒がころがる三畳間『眼球譚』とイチヂク浣腸

禁縛の百態にさえ身をやつし触れればぴくんと身を反らす紐

血溜まりに白いドレスをひきずつてきたかのやうに芙蓉はな咲く

人形を嫌悪しながら抱く少女知らずに踏んで潰すかなかな

むれをなしゆめをみてゐるコスモスのみてゐる夜をわれは知らずき

鞭をうつ締める緩めるからみつく紐の支配にひとは馴れゆく

不可解なそして不測な父がゐて着もしないのに立ちあがる服

火のついた吸ひ殻くわえゆりかもめ思案深げに屋根あるきをり

さりながら鉄腕アトムの猫の耳ケラクケラワクときおりケララ

しかれども塚本邦雄といふ事件足の踏み場もなく茂る蘆（あし）

駆けてきて禿の駝鳥はふらついて気分悪げに紐を吐きだす

月の出の西瓜畑の螢狩りひとの頭をまたぐ感じで

荒海の真昼の月のしずけさよ北に一輝の雲雀があがる

強盗殺人死体遺棄容疑指名手配犯写真映りよき

きんたまに白髪（しらが）みつけし日の茂吉過呼吸にして狐のへへん

くちなはにあこがれる紐梁のうへ息をひそめて口あけてゐん

水槽のみづ替へるとき金魚いふ〈ひでえドシャ降りもうずぶ濡れよ〉

もろ肌にためらひ傷の多かりき老ひて刺青（しせい）のアネモネは散る

〈Don't! Don't Pull Out…… Ooh! Jesus……〉点線に添つて切りぬく裸体

血の滲む花嫁衣装不凍液燃える花束その贈り先

火事をみて母の狂気はしずまれど妹の目はさらに妖しく

茂吉翁老ひてますます猛々し七五となればより凶暴に

薔薇の門ぐりぐり責める男娼のさらに求める紐の効用

犀ひとつ街灯のしたに立つてゐるベルを鳴らしてママチャリ過ぎる

厄介な少女たち

1916年、イランに私を連れていった二人の警官の一人がこういったとき、彼はまさに正しかったのだ。
……政府は変わります。しかし警察は残ります。
……レオン・トロツキー

少女らは夜つぴてうたひかつ踊るなどなどなどとぶつかりあつて
死出の旅物入りもあらう銭もたせ棺送りだす祖母の発意で
冬がきて回転木馬を塗りなほす帽子のしたの中原中也

ハンプティ少女いらだつダンプティひとりのあひだにふたりがすわる

桜桃の傷にむらがるスズメバチ他人の庭を抜ける近道

ハンプティ少女はさんでダンプティ笑ひすぎればふたつに裂ける

少女らの顔は薊(あざみ)のうへにあり腹も裂けよと下痢ほとばしる

片方の目だけが白い警官がわれを誰何(すいか)す台詞読むがに

犀のためわれらは挽歌をうたふだらう最後の犀にみづをやりつつ

ロリータもアリスもひげが生えてゐる少女性善説をあやうく信ず

幽霊になるまで遊びつづけやうサクラサクラで歴史は暮れる

水仙の束で激しく馬の顔なぐりつけては少女の泣くも

使はれず雨水たまるトランポリン欠伸のやうな雲を映して

〈死者の日〉の顎の外れるスケルトン地を這ふ笑ひ火火火火、火火火

少女らのうたふ軍歌の替歌の尻の割れ目に咲く吾亦紅（われもかう）

浴槽に鼻まで浸かれば頭蓋にも半分ほどは潮が満ちくる

少女たち三角形に伸びをして窓のひかりを浴び猫になる

うつむいて本を読むのかくだものを剝いてゐるのか窓に影みゆ

挑発かそれとも侮蔑オトコらに少女は股を開いてみせる

こゑのみですがたの見えぬ鈴虫に越えれば啼きやむ一歩がありき

坐るとき前足からつんのめる駱駝のことさ膝の大きな

〈できるだけお馬鹿さんになりなさい〉タバコ花咲くなかに立つ母

警官の裏を返せばまたも裏われを誰何（すいか）しわが裏覗く

夕焼けの街にたたずむ少女らが翼はづせば背にその痣が

濁流をくるくる廻る渡し舟くるくる廻る花嫁がくる

歌詞の意味知らぬ霊歌をうたひつつ少女のすわる椅子多毛症

満天の星と見まがふ忍冬（すひかづら）その天蓋のしたで麻雀

くびねつこ抑へたのしい少女狩り唸る嚙みつく引つ掻く吠える

くらやみにひびく哄笑馬尾藻（ほんだはら）下卑た笑ひで下駄のげたげた

歯を磨く少女は鏡に断言す〈堕天使役がわたしにベスト〉

対話とは他人と交はすひとりごと退職警官眉剃り落とす

交替で卵にすはる少女たち地上に絶えた鳥にかはつて

サーカスの歓声聞こゆここまでもそのたび犬はわれを見あぐる

入浴のあとで少女の喰ふ西瓜タネ吐く唇(くち)はNo!のかたちに

冷えてやや塩からひ豆スープ見つめてゐてもそれほど減らず

豚を抱く少女のまへに少女ゐてうしろを向けばおなじ少女が

もうひとはゆめみることも少なくて飢えて餓えて獏は日干しに

マロニエの根は欄外にはみだして石もちあげる怒りのごとく

〈さよならを言ふときひとはみな詩人〉だれかが言ひしわれは信ぜず

うつとりと揚羽を鼻にとまらせて少女つぶやく〈Oh My God!〉

ラマあまた塔のまわりに蟠踞(ばんきょ)してそれぞれおのが菩提樹をもつ

少女期と少女は平行線をなしていて接近すれど交はらざりき

執拗に舌でねぶれば舌びらめ羊歯のかたちの骨あらはるる

柵越しに花を盗んで少女たち見られてゐると知つて歓ぶ

あへて言ふ木であることの確かさをわれは知りえず鳥を見てゐる

少女らがつどふ廃バス屋根のうへ〈そこの兄(あん)ちやんかつこいいじやん〉

罪と罰いつもどこかで食ひちがふ裁きの庭の掟変はれど

あなサド忌みだれ放屁の少女狩り虎バサミ跳ね空(くふ)を嚙むなり

キスのあとキスなんて嫌ひといふ仔ども手でくちびるを拭き涙ぐむ

季節ごと花とけものと鳥がゐて少女らもする花札賭博

たはむれて花粉まみれの犬とわれひまわり畑に喪がすすみゆく

少女とは老ひからみればタンポポか井守（いもり）のたぐひ〈少女つつぷす〉

瀆神の罪はあれれど神はなく〈流れよわが涙、と警官は言つた〉

残酷なこころを花で飾ること少女であればそれが愉しみ

一輪をワイングラスに挿して待つ薔薇を一種の火と見なしつつ

〈Whatever!〉　少女横向きひとひらのハムをたたんで口へ押しこむ

この世界あまりに狭く広かりきどこにゐやうと扉からみれば

尖りつつ乳首が痛む少女期のゆめを見ながらゆめを見るゆめ

厭（いと）はれて消され捨てられ破られしうた反故だけの歌集はありや

少女らのしやぶりつくせし桃の種子ゴーゴリの〈鼻〉に似て穴のある

人形は人形使ひの目を盗み窓から逃す大小の鳥

にべもなくイヤといふのが美（は）しきかなはだしの少女八月六日

吹きおろす風でつぶれるごとくみゆコスモスのむれ呵呵大笑す

少女らのうたふなつのさくらんぼ舞台うらには狼が待つ

ピアノにはピアニストの猫が住みあるきまはれば聞こえるボレロ

広からぬ少女の右腕空(そら)にして刺青(タトゥー)の揚羽ただよひやまず

さ迷へばさらに淋しきサラエボの石の内部は石で満たされ

放尿の天使の雨の春なりき朝のアネモネ宵のダフォデル

あっちでは少女がねむる畳まれてもしくは広げられたすがたで

うみねこがかおかおかおと啼く夕べ〈またね〉といへど次などはなく

風と陽の偏りによりおのづから四方にのびる枝は偏る

戦乱のあとの少女に残されし浴槽ひとつペリカンひとつ

音もなく貨物車輌の一輌が引込み線のとちゅうにとまる

ホーリ・ゴライトリーになる少女じよきじよきハサミでシーツ切り裂く

童話にはより鮮やかな海があるいちど溺れて死んで愉しむ

百頭の馬と少女が丘のうえ言はずもがなの海を眺めて

早朝の街を気ままにさまよへど赤信号で立ち止まる犀

くだもののだまし絵〈くふ〉といふ赤子カッパドキアの鳩の王国

鬼太郎の日曜日

幻想は現実世界の確かさを前提にしているが、それは、
この確かさをよりよくそこなうためである。

……ロジェ・カイヨワ

カナリアの羽根をぺっと吐きだしてしかめっ面の猫の鬼太郎
引き出せば抽斗（ひきだし）のなか葦原でどよもす風が奥へと逃げる
海まではBトレインでゆこうかなうしろ向きつつまへへと進む

Bトレイン左右の景色は遠のいてひとつに合はさる翼のやうに

猫といふけもののなかに猫といふ精霊がゐて薄目をあける

家々の茶碗は汚れフクシマや解凍されてめざめる金魚

少女らはきついジーンズぬぐやうに尻をひねつて鏡をぬける

Tシャツの耳の図柄に標語あり〈こいつになにか話してみろよ〉

郷愁に駆られたわけでもない浴衣羽ばたきながら夜へ飛び去る

猫の名は二字にをさめるのがよろし、ひとは言へれどいまだ鬼太郎

ささやきにささやきかへす夕暮れて対話のやうに辛夷はな咲く

牲（にへ）になる好機逸して逝く帝（ミカド）それはともかくルネ・ジラール死す

いぬふぐりいたるところに咲いてゐてその往還に少女の触れる

桜木に少女ナイフで刻みをり〈Can I Escape From Myself?〉

サーカスのテントのなかで芸もなく犀あるくのみ小人（ドワーフ）のせて

思ひ出は抱かれたくない猫である、からだひねつて腕をのがれる

ぐりぐりと口のなかまでさぐるゆび〈こんなことつていつたいなんだ〉

ネヴァ河の寝耳にみづのみぞれ降るラスプーチンを沈めなほ降る

金属の義足はづして立てかける金属疲労と違ふ疲労が

亡き母が掃けば空蟬ころがつて隅にあつまるうごめくやうに

うごくものひとつなき夏まひるまにくびをのばして毛玉吐く猫

影のあるものたちつどふものがなしたがひにおのれの写真ゆびさす

呼びだされ奥からでてくる禿頭わが係累か耳の広さよ

アブサンと片目の猫とバラライカ路上にチョークでひとの輪郭

だみごゑの〈聖者の行進〉葬列の前後左右に土方巽

ジーンズに縋（すが）る草の実ぷつぷつと叩けど落ちぬ小鬼のやうに

いかほどか犀のかたちを墓標としわれは移動す死ののちもなほ

仔どもらはツリーハウスにあつまつて父親殺しの是非を論ずる

呑みすぎた翌朝の太陽目に痛い〈What Are You Watching?〉猫がみてゐる

浴室で激しく鼻かむをとがしてカーテンあけて出てくる駱駝

ともすればバベルの塔の崩壊の残滓とみゆる聖家族教会(サグラダ・ファミリア)

ちろちろとミルクをなめる黒猫の上目づかひとわが鬱屈と

妹に赤い狂気の芽がもえて赤いものならなべてしあわせ

はなやぎの夜会のあとのメランコリーいつぽんゆびでピアノ弾きをり

無聊(ぶれう)にて日曜だけの一か月ときにようすをみに猫がくる

夕暮れの河原の石のあたたかきなにかの鳥の卵のやうな

われもまた猿の末裔皺多く目をすがめつつ夕陽を眺む

外見は羊なれども狼のひとばかりゐてわれは愉しえ

焼け落ちる家を逃れぬ猫のことふるさとまとめて花いちもんめ

しゃべるたび口から飛びだす蟇（がまがへる）〈なんだよこれは〉といへば二匹も

森のなか一ヶ所明るい草地あるなにかが降りてくるかのやうな

夜逃げにも積み残されて置きざりのサボテンの鉢いまはわが家に

けふもまたわが背にすがりつくけものマキャベリといひ口髭うすき

帽子から飛びたつ鳩の悲しけれ舞台の外まで飛ぶことはなく

襟に挿す椿もしくはプルースト盗つ人めいて猫忍び足

背の裂けるスウィートピーの莢のこと六人のうちひとりが自殺

毛は生える壁にも戸にも刃物にも黴の一種か窓あけはなつ

仕上げればジグソーパズルは駿河湾湯屋の壁画のやうに富士ある

鉢を置く最適の場所さがしをり疑わしげに猫はみてゐる

降る雨のすきまを縫つて濡れもせず散歩している土方巽

星屑が砂に混じつてゐるゆゑにわずかに狂ふ砂時計かな

鳥のごと来て鳥のごとふるへつつ鳥のごと去る……それは亡き姉

いそがしい三月ウサギも遠のいて変声期経て保険屋になる

ふとみれば白覆面の黒猫が小鳥呑みこみにたりと笑ふ

終章はヴァイオレントなヴァイオリン不可欠なのは火とはかぎらず

放尿し新雪のうえに書くことば最後の雫それが読点

ドードーを忘れたままに建てた舟ノアは建て増す籠ひとつ分

初生り(はつなり)の仔ら喰ふ夜叉の苦艾(にがよもぎ)刈られ逆さに吊られてありき

たとふれば左右の目の色ちがふ犬……ピンポンをする双子の老婆

箱舟のドードーの餌なんとする？　まづは豆でも与へてみるか

両腕にくだもの抱えてゐるゆえに尻で戸を押し斜めに入る

べつべつにねむるひとつの莢の豆悪夢になれば肘で突きあふ

舞台では髭の女と片眼鏡（モノクル）の詐欺師がときに入れ替はるなり

駆けだしてあちこち向きを変へる馬どこへ行かうとどこかを通る

鳥ふたつ翼を交換したくともかなはぬゆえにいつしよにうたふ

おたがひのまはりをめぐる野犬たち口に皺寄せｆｆｆ、ｆｆｆ

ふかふかの雲になりたやおもむろに猫うらがえし腹の毛つかむ

まれまれに雨のにほひのする砂漠幼子イエス割礼を受く

冬枯れのポプラ並木を帰りつつ逆からかぞへていつぽん足りず

煽(あふ)られて絡(から)みもつれる星条旗瀕死の蛇のごとくのたうつ

先端は廊下の奥へのびてゐてたぐれば鎖じやらじやらと鳴る

あるきつついくつか問ひを犬に問ふそれが詩作と思索の日課

こそばゆくざらざらとして猫の舌わがゆびねぶりシニカルに笑む

なにもない画像がゆらぎ輪郭をなしてゆくみゆ……よもや虎とは

屋久島の鳥類図鑑図書館で一冊ぬけば本総崩れ

蓬髪で薄目をあけた首ばかり戦ひ済んで夜のぎしぎし

ささやきにしじまでこたへる聖夜祭〈得意なことは?〉〈嘘をつくこと〉

目交(まなか)ひに六芒星のあるをとこ香油ぬるとき足ゆびひらく

雨雲を抱きしめるごとアルファルファかかへて運び犀に与へる

ためらはず昼寝してゐるわが顔を冷たい足で踏んでゆく猫

ここにもうひとつの聖家族

私は実際、片方の足はある国に、もう片方は別の国に立っているわけですが、自由であるかぎり、このような私の状態はとても幸福なものであると思います。
……ルネ・デカルト「スウエーデン王女クリスティーヌへの手紙」

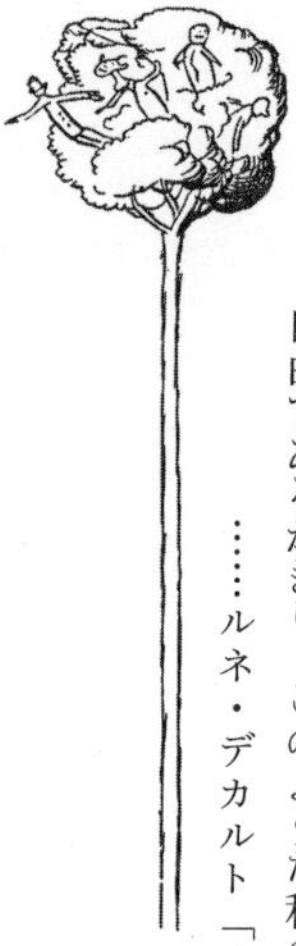

天井の隅に蜘蛛喰ふ蜘蛛がゐておのずからなる近親相姦

さきをゆくきみが日傘を廻すとき芙蓉畑に舞ひ降りるごと

五階からみえる明るい駐車場夜ごとピエロがナナハンとめる

窓を抜けへくそかづらにからまつてそのまま雨に打たれてゐたり

魂があまたからだを乗り換へてわが前にまで来た犀がゐる

近づきも去りもせずしてその犬は止まれば止まりあたりみまはす

六千の椅子は流されひとつだけ回収されて曽孫がすわる

遊園地跡の塔には猿の群ほつほほつほと塔駆けめぐる

幼き日をんなばかりの家だつたいまはひとりのをんなとふたり

去年（こぞ）にきて靴をば口に押しこみし道化もいまは経理士なりき

たどりきて草が脛切るけもの道あすは木曜そのさきは闇

突風は列車のやうに部屋を過ぎ紙類はみな舞ひあがりけり

球状に花で満たされ不在の木となりの部屋で父のうたへる

われらにはこころあれどもその場所を探つてみても手ごたへはなし

一度二度羽ばたいてはみたものの飛べぬと知つて歩いて帰る

南方ははだかであぐら熊楠は日陰へ躄（いざ）る、蟬汗だらけ

今夜また来りて止まる下駄のおと家族写真のひとりが消えて

〈ほら猿よ、ここからだつたら見えるわよ、四匹五匹……あら消えちやつた〉

雪の日の眼底出血犬ごろし鍋に煮えたちあばれるうどん

自転車を解体し揺り椅子組み立てるブランコに似て父ゆれてゐる

雨あがり清く正しい樫ばかり背中をみせて靴をぬぐ父

草の蔓ひけばぞろぞろついてくる笑ひころげるやうな赤い実

点鬼簿をみれば三度も死んだひと窓の絵のある窓のない部屋

痰壺と敷布団だけの父の部屋障子明かりで初雪と知る

ひたひたと夜のあしおと釜ヶ崎記憶は飛ぶは足もつれるは

婚礼の場で猥褻な身ぶりして花嫁からかふ叔父の悪癖

脱糞のやうなおとたていちじくがとなりの木からわが屋根に落つ

反抗の兆しかつぎつぎ音立ててすべてのドアが開いて閉じる

来る自動車（クルマ）追ひかけ廻しねむくなるマンハッタンの深夜の犀が

忘れられ椅子のうへには花鋏すこし開いて日の熱残る

啼くならばちち、ちち、ちちとやるせなくされど螢は啼かずまたたく

墜ちてきたピアノで潰れた叔母の脚花冷ゑどきに幻肢（ファントム）痛む

つづまりは頭上に土塊（つちくれ）落ちてきて次に椿の重き花落つ

公園の階段脇のホームレスをんながをとこに夏蜜柑剝く

てのひらに煙草の灰を落としつつ〈あんた年齢（とし）いくつ？〉と父の愛人

ガガンボがふらつきすがる窓ガラス不安ながらもマンボのリズムで

その名前すでに忘れたひと宛の手紙で伝へる月の玉乗り

敵にとり敵にわれらはなるだらう砂漠の空に飛行機雲が

おのれをも忘れてそこにゐたりけり父と名のつて襟も汚れて

ゆさゆさと木は去つてゆく冬の夜ぐわぐわぐわと啼く鳥のせて

惑乱にわれを投じてとうたらり四つつの花弁で足りるどくだみ

車椅子ななめに父はひつかかり可惜(あたら)そのまま吊られてゐたり

みぎからと左の波がぶつかつて相殺されて平たく伸びる

広がつてキャンバスはみだす罌粟の花これぱつかりはどうにもならず

車窓から飛びのく人家のそれぞれに蒼く仄めくテレビの画面

入院の父から託され犬ひとつ呼べどうごかず見返すばかり

抽斗があまたありけり抽斗を引けばひしめく義眼の視線

気まぐれに偶蹄類は訴追され火刑台まで草を嚙みつつ

向かう向き脱腸帯を外す伯父片脚立ちの紅鶴に似て

ここからは見えねどなにか動くたびみづ盛りあがる皇居のお濠

垂れさがり流れに触れてつんつんと跳ねあがる枝さくらは重し

ドードーを鳥類図鑑でみてみれば鳩類とある胸のふくらみ

あの夏の朝の光にめしひしがページめくればこの世にあらず

死はいかな重みをさらに加へしや肩に食ひこむ棺の痛みよ

悪態と嘘と妥協と当てこすり家族会議のまんなかの蜘蛛

ハマナスの丘をジグザグ降りてゆきわれを待たずに海に入る犬

ぼんやりと生きてきたのはわれのみか押して開く戸いつも引きをり

膀胱(ばうくわう)はすこしづつ満ち梨の実のかたちになりぬ父は癒えつつ

かまきりの三角頭かまきりのやはらかい腹風に吹く風

一周し部屋をでてゆく鬼やんまサンフランシスコの静かなサフラン

バスケット・コートにボールの弾むをとだれもゐぬのにどこか明るく

この夏のこの世の終はりのやうな空啼かずころがりまはるかなかな

夜の家具明かり点ければ一瞬にもとのところにもどるすばやく

葛原さん、さう妙子さん寄りかかり木に話しかけ木をこまらせる

この世とは神のみるゆめ少女たち気をつけなさいゆめさめるとき

つぎつぎと死体置き場の梯子段涼をもとめて降りるペンギン

花柄のスカラップ・カットのスカートで少女らたがひに入れかはるなり

雪が降るグラン＝ギニョルに連れてつて手が手をつかむ手が手を叩く

泥棒と薔薇と娼婦の雑踏で少女は枯れ地を祖国と呼びき

警官はたちまち狒々に包囲されなにはともあれ腕ふりまわす

電線に等間隔にならぶ鳥ひとつが去つて少女がすはる

椅子に立ち背の稜線をまづは引く等身大の犀ゑがくとき

サフランの球根のやうなふぐりして他人の犬がおなかをみせる

あてにならない点鬼簿

「さよなら」を文字どおりに訳すと「そうならなければならないなら」という意味だという。これまで耳にした別れの言葉のうちで、このように美しい言葉をわたしは知らない。Auf Wiedersehen や Au revoir や Till we meet again のように、別れの痛みを再会の希望によって紛らわそうという試みを「さよなら」はしない。目をしばたたいて涙を健気に抑えて告げる Farewell のように、別離の苦い味わいを避けてもいない。

……アン・モロー・リンドバーグ

後添（のちぞ）ひに父が娶りし大をんな包丁片手に廊下わたり来

カフカとは鴉の一種〈可か？　不可か？〉一瞬白目に目をうらがへす

自転車にオランウータンぶらさがり三角乗りで隣町まで

それぞれの断首のあとのおのずから地面嚙むくび籠に落つくび

どちらでもいいといふならそれよこせよこさぬならば化けてでてやる

うちからとそとからとでは大きさが違つてみえる……家族といふは

ロバが欲し！　されど飼ひおく場所はなし家具動かして部屋をみわたす

降つてくる天使の羽根のやうな雪ただ純粋に神に叛いて

わつときてスカートめくる悪童（ワルガキ）に見えるのはただ鳥の脚のみ

棺桶のやうな湯船か棺桶のやうな椅子から立ちあがる父

うしろから見れば気になる他人（ひと）の耳つばさに似るも羽ばたきはせず

照明のまばゆいサッカー競技場白い息吐く犀だけがゐて

鳥葬にくるのは禿鸛(はげこふ)ばかりなり鳥にも鳥の嗜好はあつて

雨粒をあつめ吐きだす怪物(ガーゴイル)の吻日照りつづきに火を吐くことも

伯父にして南無阿弥陀仏湯のなかに火箸にからまる蛸を沈める

月光に貫通されて前登志夫あつとのけぞるその冷たさに

ジョーカーは急場をすくひに来たれどもキングになれずなりたくもなし

去年まで葱畑だつた駐車場砂利敷きなれど蝶はまたくる

死んでゐることに気づかず翌朝は咽喉の渇きで起きてくる父

人形のむれのひとつが咳をするそこから波状に咳はひろがる

箱のなかなにか暴れるおとがして箱のもちぬしにたりと笑ふ

めのまえに突如飛びだし走り去る吉岡実危ない詩人

みづを呑む猫ひきあげる便器から姉の卵管摘出手術

鳥脚の僧侶らの列つらなりのゆめでみるゆめそのゆめのゆめ

轟々と空は鳴れれど地上にはただに静かなコスモス畑

狼のゆび人形のミュージカル終はりでだれか死なねばならず

わが父を憎むかなしみ夏祭ぎくりと赤いカンナにカンナ

貼りついた触手を剝がしはしたものの痺(しび)れの痕が火傷のやうに

礼服の蛙はメモを読むたびに頷き丸め口へ押しこむ

責める鳥読経する鳥咽ぶ鳥ことばがさきか卵がさきか

父のこと過失のやうに思ひ出す辞書引いて読むウルガタ聖書

ゆびの背に剛毛生える奇病ありときにめざめて烈しくねむる

少年は右手の鳩を左手にもちかへるときわづか身を引く

革命家反革命家もろともに首の型とるマダム・タッソー

縄跳びの縄跳びだして裾はしよりつひに帰らぬ遠縁の母

そそくさと草葉の陰でまぐはへば射精とジンとサルビアにほふ

海をゆく寂しゴジラの背の突起湯舟に沈むごとく消えゆく

〈細紐がここの割れ目に喰ひこむの〉右の翼に効くサロンパス

もう年齢（とし）をとらなくなつた父よりもわれは老ひたりびしよ濡れの海

桟橋にひとり老女が棲みゐしが見えぬ今年のかもめの多き

仔どもらと犬が重なりねむりをりたがひの性格（さが）に従ひやすく

湯気たてて河から河原へあがる馬それが事件であつた若き日

いちご摘み籠のなかみをくらべあふ母のない仔と仔のない母と

やうやくにここまで戻つてきた谺ほとんど語尾はぼろぼろになり

ステッキと中折帽とゴム長で立つてゐるだけ江戸川乱歩

展翅せるムラサキシジミの亜種の列気分しだひで変はるむらさき

天井にあまた木の椅子吊るされて風でうちあふ聖家族祭

eメール送信すれば幽霊のしやつくりのごと〈ふつ〉とをとする

戦場をあるけば枯れ枝折れるをと腓骨肋骨指骨顎骨

少女らの地獄巡りもトイレから〈そこにゐるきみまだしあはせか？〉

明るさに馴れて暗さにめくらめく顔が半分欠けた仏像

みなそこをあるくがごとき月の夜、無の彼方より咳(しはぶき)のせん

眼球は海水に満ち朝夕の干満によりすこし涙す

しやがしやがとせはしなく啼く夜の蟬子を葬りし母も逝くなり

蚊帳のなか闇とつるんで首を絞め母とまぐはふ、一度ならずも

亡霊と廊下のとちゆうで入れ替はる目をみひらいて十日もねむる

それらしく片翼たらし走る鳥ときにとまつてふたたびはしる

ジギタリス一字ちがひのギタリスト〈そして？　それから？　なにが知りたい？〉

ひとりめは狂死ふたりめ自殺して喪服を借りにくる三人め

膝蓋骨（しつがいこつ）たら骨あり脚のばし横から押せばへらへらうごく

いつぽんの木にひぐらしはあまたゐて片肺の叔父つひに娶らず

放蕩のするゑに帰郷し病得て僧侶になりし置屋の息子

くちびるに見えぬ傷痕あれれども伯父がわらへば白くあらはる

ヒロシマや激(たぎ)つ湯のなか鶏卵はぐらぐらぐらと底這ひまはる

子どもらに優しい犀の優しさにつけゐることは番外の罪

少女らに満ちては欠ける月がありて満ちて引きゆく海もまたある

テーブルににぎりつぶせし紙つぶてすこしほどける吐息のやうに

ギロチンの作者でピアノの製造家火を消すやうに花にみづ撒く

こころみの海のぼりつめ満月はおぼつかなげに定位置につく

木の股に瘤あり王の顔に似てさらに育つて尻のかたちに

斎場に犀あらはれて話しごゑぴたり止みたり　汗かく西瓜

蠟燭がまたたくたびに室内も伸び縮みする姉の初七日

騒がしい亡霊たち

夜は昼よりも清らかだ。夜のほうが考えるのにもよいし、愛するのにもよいし、夢みるのにもよいのだよ。あらゆるものがより強烈に、より真実になる。昼のうちに発せられた語句が、夜になってその木霊(こだま)がわれわれに届く頃には、もっと深く、もっと遥かな、別の意味を帯びるんだな。人間の悲劇は、いつ夜になり、いつ昼になるのかが彼らにはわからないということなのさ。彼らは昼のうちに言うべきことを夜になってから言ったりする。　……エリ・ヴィーゼル

騒がしい亡霊たちの送別会ゆびに火ともしくるくる廻す
みづを呑む伯母の病軀の袋状やがて下から滴り漏れる

〈ああれね、死んだ従姉が夜ごと来て屋根引つかいて入りたがるの〉

花のなか花が落ちれば花を踏む墓掘人の名も聞かざりき

栗の木に犀体当たり栗の実と鳥大量に四方（よも）に飛び散る

ふるさとの辻で逢ふのは死者ばかり顔だけ闇に明（あか）く浮かべて

あるべきかあらざるべきか知らねども簡易トイレのわきに立つ犀

げぢげぢのともはやつぱりげぢげぢでげぢげぢつどふげぢげぢどうし

あるものもあらざるものも塔のなかおらがおらがとくび飛びまはる

足の骨どこかひとつが短くてあるけば徐々にひだりへ逸れる

ゆびさきでもがきのたうつハサミムシ母を犯して孕ませし夏

亡者らが夜に糸切る歯をせせるきつきつきつと笑ひさえする

鬼灯（ほほづき）がぐひぐひと鳴る口のなか〈犬を飼ってる？〉〈三本足の〉

とんがつたりこんがらがつたりするうちにとんがらがつてしまふ刺草（いらくさ）

月蝕で母の狂気に花が咲くうらもおもても焼く舌びらめ

つぎつぎとバッタ飛びたつ旧居跡でたらめに吹く死者の口笛

がばがばとゴムびきマント脱ぐ叔父の話題はいつもエスニック・ジョーク

伊勢崎屋斉々哈爾（チチハル）支店奥地まで春鬻（ひさ）ぐなり短い春を

おどろいた顔の背後に母がゐて家は静かに縮むのだつた

海鳴りがいつのまにやら耳鳴りにヨシキリ啼いてヨシキリを呼ぶ

歯がなくて頬のうちらを吸ひながら三度めの祖父ひとり囲碁さす

てのひらを飛びたつ鳥を知りもせで泣きくたびれて椅子にねむる子

羊歯の葉のうらに母ゐて母のうら海あり海はすべて裏側

火のわきでねむる夜には思ひだす凍った林檎を噛み砕く犀

寒空にあがる花火はをともなし寺山修司くちもと曲げて

老獪な寡婦と直情の弟は心中くはだつ疣(いぼ)とり呑んで

嘴(はし)と脚たがいにのばし籠のなか三角形に鸚鵡移動す

亡き母の家は他人の家となりけふ日章旗かかげてありぬ

死と桜つひにこの喩の罠からは逃れえざるか母の秘す砒素

子どもらをドードーのはなしでねかしつけあとでねむれずゆびの皮剝く

集合の記憶と孤立の死のあひだ黒々さみしく川はながるる

急かされてどどど、どどどと吃るわれルルド巡礼顚末問はれ

祖父逝きしリラの花咲く処刑場いまは末枯れて風の遊び場

硝子屑木屑鉄屑野菜屑ミロの天使の金属疲労

投げあげるコイン占ひ叔父にして裏も表も裏なく表

傷ついた雛のごとくに逃げまどふ切断されたばかりの手くび

うつ伏せにねむる赤子は母のうへ枯れあぢさゐに雪つもるがに

探しつつなにを探すか忘れても探してゐればまた思ひだす

母逝きし赤い狼（エリテマトーデス）桶のなかもがくことなく沈む蒟蒻（こんにやく）

カウチには犬が性器をなめてゐる弔問客は素知らぬ顔で

妹は四肢を四方になげだしてねむるといふより散らばつてゐる

舟にたつあれはをんなに候（さうらう）や落下する火に照らされて、海

銭を乞ふ歯だけが白い子どもたち伸び放題の手に鳳仙花

羊水の羊の胎児まぶたにはすでにし長く白い睫毛（まつげ）が

コプト語で記されし外典ユダのため悪はあまたの名を用意して

飛ぶかもめ風のさき飛ぶあとを飛ぶ風のうちそと飛んでもどり来

ランダムに日照雨（そばへ）に混じつて宝石はあちこち降つて跳ねてから死ぬ

すきまなく鉛筆たてに鉛筆は詰められてゐて抜くにも抜けず

やうやくに嘘をじやうずにつけるころ聞き上手なる母みまかりし

一列に兎は鉤に吊るされて毛深い肉屋仔（ブッチャー）のないをとこ

大木が回転しながら流れくるミシシッピーの春、俄雨

小舅（こじうと）のやうな半眼駱駝どもかはりばんこに頭（ず）をもちあぐる

〈森〉の字の三本のひとつに止まる鳥どれが最初の木か知らねども

イーヨーは麦藁帽子（ストローハット）食べ終へて雨降れば雨風吹けば風

雨ふれば樋に天使はうたひをり晴れて天使は尿瓶（しびん）にうたふ

檻のなか見えない虎が往来し折り返すたび目だけが見える

スピノザのやがて哀しき『倫理学（エチカ）』かな犬の耳にも書き込みのある

熊が背を預け背を掻くカラマツは大げさなほど揺れるのだつた

蠟燭のはじめのひとつに点火するあとはおのづとみづから点る

秩序なきむれがやがては列をなし海わたりゆく一羽遅れて

われといふジグソーパズルならべてもならべかへてもかたちをなさず

長袖に赤いちやんちやんこ赤い靴チンドン屋の猿さみし姦(かしま)し

リューマチでねたきりの叔母猫屋敷ひたひたひたと触れるてのひら

これまでに会つたことなき義弟ゐて煙草くはへて火を借りにくる

夜の雨ねむれぬままに聞いてゐるやがてはゆめのなかにひた降る

しんしんと犀のすべてに雪が降るくだものたちのみるゆめのなか

糖尿(たうねう)病の養母(はは)は片足失つて義足は拒み短歌はじめる

警官の首の刺青（タトゥー）の八重桜愛（いと）し愛しとやや横暴に

血族の舌はたがいに絡（から）まつて末裔われは舌ひつこめる

アダージョ……やや婀娜(あだ)つぽく

人間には、生者、死者、海に向かう者の三種類が存在する。
……アリストテレス

海にきて深夜ひとりで泳ぐひとかくも懈怠な闇に抱(いだ)かれ

来ぬうちに終はつてしまふわが時代はじめも終はりもなくねむる河馬

伯母のゆび四方(よも)に歪んで絡みあふ豆をつまめば豆ははねまわる

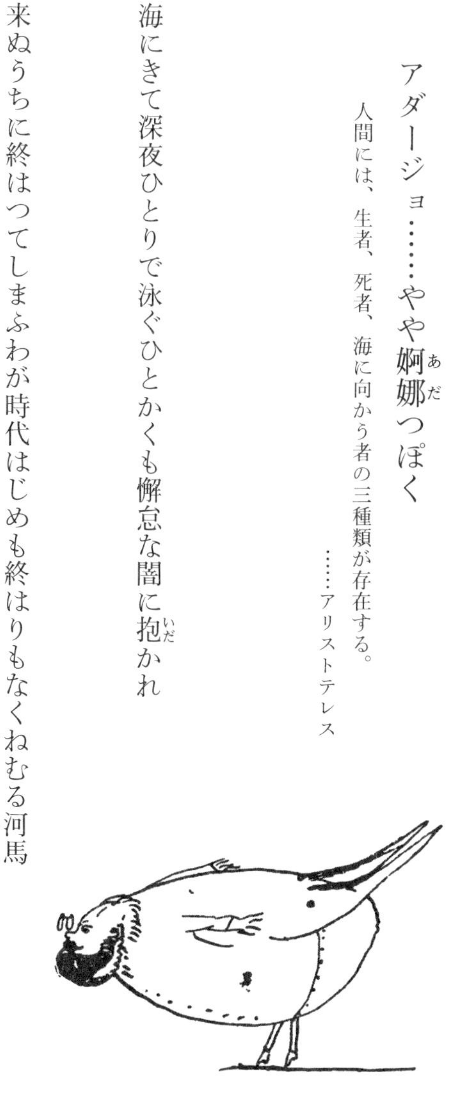

いまはなくいまでもみえる星のことあれども見えぬものの多きよ

浮遊するほど懸命に漕いでみたジャコメッティの傘つき自転車

くらやみに目が馴れてきてみえてくる喘息病みの芙蓉の花が

父死して母はしたたるしたたかにそのしあはせは曖昧なまま

寒風で上下左右にゆさぶられそれでも宙にとどまるかもめ

さみだれてけふがあしたになる深夜切るためつかむ髪のひと束

黒目なく白目の伯母はわが顔のあたりをぢつと視るのであつた

なぜ悪がこの世にありや？　（幕間あり）　神は答へずひとが答へる

流れゆく雲は眩(まばゆ)いせはしない暗い切ない軽い儚い

〈イーグルスのメンバー、何人健在？〉　とくに知りたいわけでもないのに

夏草は踏めどたちまち起きあがる風は自在にひかりに変はる

〈母さんを怖がることはないんだよ〉冬の日差しに狂ひ咲く花

死ぬときはあおのけになり駄々をこね転がりまはるつくつく法師

刺青の牡丹もいつか萎えるものかつて極道いま寺男

波のおと耳から消えることがなくねむつてゐても海をみてゐる

ルイーズは汚れた食器みな洗ひだれにも知られず行つてしまつた

約束を守つてうしろ見ざれどもわれのすべてはうしろにあつて

隣家から悲鳴のやうなこゑがしていまでは低く睦言つづく

うつとりと風にゆれてる葱坊主見えず聞こえるだけの荒海

上げ潮は河さかのぼり下げ潮は馬の死体を浮かべもどり来

渚には母によく似た女（ひと）がゐてつぎつぎ降りて飛び去るかもめ

膝に顎のせて爪切るきみのこゑ〈椿の蕾まだななつある〉

アマリリス手折ればごきつとおとがして骨折れるごと母の初盆

花の散るドレスのやうな夜だつた神に狂へるユダの横顔

アスファルトめくればいまもたぷたぷと海はありしや三味線ロック

ひとり待ち待つことをさえ待つたあとふたりで待つてコビトカバ飼ふ

遊郭（くるわ）からをとこはをんなを受けだしてをんながひとり雪の街去る

〈め〉のかたち凪を商ふ伊勢崎屋くちを隠してあくびする猫

どうやつてだれが運んできたのやら密林のなか錆びた自動車（クルマ）が

〈やつぱりねひとは変はりはしないのよ〉妻なほわれの言を信ぜず

一列に飛ぶペリカンをみるたびに最後の一羽いつも気になる

ワインなら舌に広がる味よりもむしろ舌から消えゆく味が

どこかからだれかに見られてゐるやうな満天の星満天の鈴

水面に跳びこむときに水面に接近してくるわが影と逢ふ

朝食のオレンジジュースにもがく蜂死ぬまでじつと見てゐる少女

呑むみづが呑まれるときにぬるくなる没日の余熱のこる鍵束

きみとゆく夜の公園ささめゆき回転木馬の馬を連れだす

じくじくと膿む傷のごと降る氷雨かれらはわれらをかれらと呼びき

できごとはいつも背後で起きるものそんなこんなで別れるふたり

まず生きるあとはすべてがついてくる頭で押しあふ三頭の馬

ついてくるやうにいはれて来た河原打ち合せれば石脆（もろ）かりき

巡礼の道にも春は来たりけり花ともみえぬ葡萄花咲く

ちちははが問はれし罪のごときわれ花少なめに咲くは地縛り

ゆめにみた頭蓋がぱつくり開くゆめ鍋の蓋とり湯気のがすがに

飛ぶ膂力耳になけれど飛んでくる谺聞くためつばさのかたち

犀の死と神の意志とのあひだにはなにがありしやつづく長雨

鋳掛屋と置屋と泣き屋と揚げ物屋たがひの禿を褒める夜桜

口だけでからだのはんぶん占める魚（いを）釣りあげかけて、糸切りはなす

ともすれば悪の仮面をひとつづつ剝いでゆくのも悪の狡知か

長短のゆめをあつめた玩具箱見果てぬゆめのなきが淋しき

早春の屋根よりなだれる濡れ雪のあとのくらやみ叔母の目ひかる

わづかづつすべてに混じる赤の色すぐ黒くなる死んでしまへば

心臓か靴のかたちのオカリナよ風のあとさきただ麦畑

ねむりにはゆめで答へる舟の旅キャベツの山からころげるキャベツ

洗われて笊(ざる)に盛られし枇杷の実のしづくのやうな幼な子のこゑ

苦しみのごとく捩（よぢ）れる柊（ひらぎ）の巨木に吊られし赤い自転車

可笑しくもないのに笑ふ笑ひかた身につけて猫わが膝にのる

黒いものきはだつみぞれの冬景色別れ広がる足跡著（しる）き

犀の屍（し）の猛（たけ）くしづかによこたはる雨降れば雨はじき返して

たはむれに嚙んで離れて駆けだして棒立ちになり番（つが）ふ馬たち

うしろからやつてくるひと通すため脇へと寄れば犀も過ぎゆく

右肩に鴉のとまつた爪の痕はだかになつてをんなは泣いた

群衆のなかのひとりはわれのみか火もまた死すとだれかささやく

ここもとの爪の割れ目よ山羊に似て老ひしカサノヴァ腋洗ひをり

さまざまなひかりのあとにさまざまなをとがつづいて淋し花火は

オレンジをふたつに切れば切口に滲んでくるのは涙にあらじ

パチンコにでかけて祖父は戻らざるいまも毎年咲く柿の花

片足に体重かけてみたものの犀は淋しいすこし可笑しい

暗雲をつらぬくひかりエル・グレコ木の椅子にねて身は強(こは)ばつて

鬢(びん)の毛はうつすら汗で貼りついて溜息まじり流れる桜花

西へゆく鳥と南へゆく鳥のむれが交差し也也也也、也也也

おどろひて飛びたち戻る秋茜（あきあかね）とつぜん笑ふ出戻りの姉

傀儡師（くぐつし）ののぞむ胎児のかたちして壺葬とする傀儡もろとも

赤い目の白蛇のやうな姉にして弟切草の薬湯にほふ

うれしくて耳をぱたぱたさせる犀足を伸ばしてあるくリアさん

稲妻のひかりでそれまで見えざりし鳥と木々とが飛び出してみゆ

犀の背にならぶ黄巴旦（きばたん）はしけやし犀のめぐりをめぐるリアさん

二歩あゆみ倒れまた立つ幼な子の顔に不敵な笑みが広がる

チューブから絞つたやうな鳥の糞エドワード・リアの表面飾る

失血で鶏（かけろ）はやがてねむくなる〈聞いたか？〉〈聞いたやうな気がする〉

白桃は傷つきやすく癒えにくく腐る直前妖しくにほふ

リアさんが飛ぶことあらば足そろへ梨の体型前傾させる

あとがき

これはここ八年ほどに書きためた歌稿を取捨してまとめたものです。
歌を書くにあたって自分に課したルールはふたつ……あることないこと書いてならないことはないこと、なんであれ善と悪、真と偽、美と醜といった物差しで分けへだてせず、条理と不条理、ハレとケ、効用と無用、崇高と卑猥なども混浴のようにいっしょに言葉の翼に乗せてやること……それだけです。裁くはわれにあらず。というわけです。
ときにこのルールを踏み外しているように見えることがあったとしても、諧謔とノンセンス、偽装と仄めかし、反語と屁理屈でひっくり返してある……はずです。こんななりゆきから「おらおら節」も断念の歌ではなく一回転して断念に背く断念の歌となります。ここからさらにスピンオフしてエドワード・リアのノンセンス詩と交差するようなノンセンス短歌も飛びだしてきました。

そんなえにしからリアの挿絵を使わせていただきました。しかしそれは隠すべきものを隠すイチジクの葉っぱとしてではなく、そのイチジクの葉っぱを吹きはらう一陣の涼風としてです。一八七一年クリスマスのカーリングフォード卿に宛てた手紙で、落ち込んだようすでこんなことを書いています。わたしはメスの家禽と夫婦になり、手ずから育てたオリーブの木のひとつに巣をかけ、ほんのときたま木から降りてくる余生を考えています、と。かれは生涯独身でした。

さてリアのいわゆるノンセンス絵本と言われるものは五冊あります。最初の絵本は邦訳があり、二冊めは部分訳があります。ここでは以下にあげる邦訳のない三冊の絵本と部分訳はあるものの未訳の章 Twenty-Six Rhymes And Pictures から挿絵を採録しました。

More Nonsense, Pictures, Rhymes, Botany, Etc（1872）
Laughable Lyrics, A FourthBook Of Nonsense Poems, Songs, Botany, Music, Etc（1877）
Nonsense Songs And stories（1895）

ところでふたつの章「反歌」と「迂回しながらウスタゴを探して」は小勝雅夫詩集『擬小説詩・近似的詩人ウスタゴ或いは起承転々多重音声遁走曲またはもしくは』（2009）思潮社に対する批評的応答歌です。

また、あちこちときどきところを弁えず出没する少女たちとメメ伯爵夫人は作者のイマジナリー・フレンドです。いい年齢（とし）をしてイマジナリー・フレンドもないだろうと言われるかもしれませんが、彼女たちはウスタゴもろとも言葉の切り子面である意味やイメージ、リズムを乱反射させてくれました。

とはいえ、いよいよ時間です。彼女たちを歌という舟に乗せて、そっと湖上に押しだしてやるのはしのびないことではありますが、いつかこの舟がどこかの朝のキッチン・テーブルに漂着して静かに置かれた手榴弾に変わりうるのであれば望外の喜びというものです。

「サヴァンナからサヴァンナへ」に見られる狼（ループス）はジョージア州サヴァンナに生まれ、近郊の農家で母と孔雀といっしょに暮らしていたカトリック作家フラナリー・オコーナーの宿痾の病い紅斑性狼瘡（エリテマトーデス）のことです。彼女はそれを赤い狼と呼んでいました。

「厄介な少女たち」見える「ホーリ・ゴライトリー」は、現存する作家で天才といえるのは自分とフラナリー・オコーナーだけとうそぶいていたトルーマン・カポーティの中編小説『ティファニーで朝食を』に登場する女性です。彼女はどんな少女だったのだろうといつも気になっていました。

「桜花的理性批判」にあるハイポラクソ Hypojuxo はフロリダ州にあるとなり街の名です。

クルマで通りぬけるたびにはてさてと思っていたものが、先住民セミノール族の言葉でくだんの意味だと知りました。

さて、どうしたものか、いまでも短歌は「わたくし」の文学だとしばしば耳にします。ところが、そうくりかえされればされるほど、ますます「わたくし」とは何なのか、一人称単数はほんとうに一人称で、しかも単数なのかますますおぼろになるばかりです。わたくしは、もう一人のわたくしと切りはなすことができないにもかかわらず、互いに騙しあい、その正嫡性を競いあい、あわよくば相手を消去しようと虎視眈々と狙っている闘い（アリーナ）の場であるらしく、こちらを叩けばあちらに飛びだし、あちらを叩けばあらぬ方に現れるといったモグラ叩きのように途切れることのない一連の問いのかたちでしか定義できなにもののようです。

ましてや、「わたくし」を生み出した「わたくし」と「わたくし」が生み出した「わたくし」はたとえ双子のようにそっくりに見えたにしても、その内面生活や来歴、夢と経験、自己錯誤や自己表出などの点でほとんど別人だと、あの寺山修司のあとで、あるいは塚本邦雄のあとでまだ強調しなければならないとしたら、いささか寂しすぎはしないでしょうか？

いっそのことフローベールのひそみに倣って少女たちメメ夫人ウスタゴが「わたくし」

だと言ってみたくもなります。

でも、まあこのくらいでいいでしょう。あとがきは長くなるにつれて言い訳がましくなってきますから。

まずは、自分たちには聞き分けることも、話すこともできない言葉でノートになにやら書いては惚けたように窓外の立木を眺めている作者をほったらかしにしてくれた妻のアリシア、娘のジュリエットのこころ憎いほどの配慮に熱い感謝とともにこの歌集をささげます。なにかを書こうというとき、放置された空っぽの空間をわがものにできることほどの僥倖は滅多にあるものではありません。

こんな厄介なしろものをプロならではの手腕でリパックしてくださった砂子屋書房の田村雅之さん、わがままな注文をミダス王のタッチで捌いてくださった装幀の倉本修さん、多謝そして多謝。

二〇二二年一二月六日

フロリダ州ポイントトン・ビーチ　佐藤守彦

歌集　ひと騒がせな犀

二〇二三年二月二三日初版発行

著　者　佐藤守彦
508 SW 19th street, Boynton Beach FL33426, U.S.A.

発行者　田村雅之

発行所　砂子屋書房
東京都千代田区内神田三―四―七（〒一〇一―〇〇四七）
電話　〇三―三二五六―四七〇八　振替　〇〇一三〇―二―九七六三一
URL http://www.sunagoya.com

組　版　はあどわあく

印　刷　長野印刷商工株式会社

製　本　渋谷文泉閣